Pedro Antonio de Alarcón

Dos ángeles caídos

Barcelona **2024**
Linkgua-ediciones.com

Créditos

Título original: Dos ángeles caídos.

© 2024, Red ediciones S.L.

e-mail: info@linkgua.com

Diseño de cubierta: Michel Mallard.

ISBN tapa dura: 978-84-9897-333-4.
ISBN rústica: 978-84-96428-25-6.
ISBN ebook: 978-84-9897-184-2.

Sumario

Brevísima presentación

La vida

Alarcón, Pedro Antonio de (Guadix, Granada, 1833-Madrid, 1891). España. Hizo periodismo y literatura. Su actividad antimonárquica lo llevó a participar en el grupo revolucionario granadino «la cuerda floja».

Intervino en un levantamiento liberal en Vicálvaro, en 1854, y —además de distribuir armas entre la población y ocupar el Ayuntamiento y la Capitanía general— fundó el periódico *La Redención*, con una actitud hostil al clero y al ejército. Tras el fracaso del levantamiento, se fue a Madrid y dirigió *El Látigo*, periódico de carácter satírico que se distinguió por sus ataques a la reina Isabel II.

Sus convicciones republicanas lo implicaron en un duelo que trastornó su vida, desde entonces adoptó posiciones conservadoras. Aunque no parezca muy ortodoxo, en el prólogo a una edición de 1912 Alarcón es considerado un escritor romántico.

Dos ángeles caídos

I Dos diarios

«Córdoba.

»Día 7 de julio de 1844.

»Vengo, de verla. Hemos estado solos, durante, toda una noche... ¡solos en el pabellón del jardín!

»Estaba la noche apacible y transparente. Ya era muy tarde. Por las anchas ventanas abiertas, penetraban a través de las enredaderas los resplandores de la alta Luna, los perfumes del campo, las harmonías de las aguas, el susurro de las hojas, el viento húmedo de poniente, todas esas mil suaves emanaciones que brotan de la naturaleza en estas noches espléndidas de verano.

»Adela, apoyada en la ventana, clavados sus ojos en la inmensidad del cielo, silenciosa y a mi lado, inundándome con sus cabellos cuando la brisa los sacudía, entreabiertos sus labios para aspirar auras menos embalsamadas que su aliento; Adela, con una mano suavemente abandonada entre las mías y sosteniendo con la otra su melancólica cabeza; Adela, vestida de blanco, bañada de languidez por la Luna, embellecida por la meditación, con la clara frente levantada hacia Dios, con la mirada nadando en un fluido celestial, con el alma abismada en el infinito... ¡Oh, qué hermosa estaba Adela!

»Yo también callaba, sumido en el éxtasis de una inefable adoración, arrebatado al empíreo en alas del pensamiento de aquella mujer, inundado de la vaga aureola de pasión, de castidad y de hermosura que la rodeaba...

—Luis —murmuró de pronto Adela sin mirarme ni dejar aquella actitud sublime de arrobamiento.

»Y su voz era lenta, solemne y vibradora, como la nota tranquila del salterio de un profeta.

—Luis, la noche va a expirar; antes que se borren del cielo esos astros, augustas luminarias del ara, del Altísimo, quiero exigirte un juramento.

—¿Cuál? —exclamé dominado por la gravedad que había adquirido la voz de Adela.

—Escucha: vamos a separarnos por tres meses, y necesito oír antes una palabra de tus labios. ¿Es cierto que me amas? —interrogó la hermosa con su voz, con su mirada, con su alma toda, mientras sus manos se crispaban entre las mías.

»Quise responder, y todas las palabras me parecían vacías de la elocuencia de la verdad, del sentimiento que se desbordó en mi corazón. Tan expresiva y vehemente quise hacer la manifestación de mi cariño, que los sonidos tumultuosos, entrecortados, balbucientes, expiraron en mis labios... Caí, pues, de rodillas; y elevando sobre mi cabeza mis manos cruzadas, fijé mis ojos en los suyos con idolatría, y una palabra se escapó de todo mi ser:

—¡Adela!

»Ella se alejó insensiblemente, dejándome así, quebrantado sobre mis rodillas, muriendo de amor y de felicidad, y se sentó al piano.

»Entonces cantó aquellas quejas de Bellini:

«Ah! Per chè non posso oddiarte...?»

»En seguida, no sé lo que ha pasado por mi alma. He llorado allí, arrodillado junto aquella ventana, durante una hora sin límites, todas las lágrimas retenidas en mi corazón durante los estériles años de mi vida; y como las estrellas palideciesen ya en el cielo, he salido del pabellón sin pronunciar un solo acento.

»Adela, reclinada sobre el piano, dormía o meditaba... Acaso lloraba como yo. Tal ha sido nuestra despedida. Ni un movimiento de su cabeza indicó que se apercibía de mi marcha... ¡Oh! ¿No significa este silencio que nuestras almas se han unido, que no hay palabras para nuestro amor, y que ni la ausencia ni la despedida existen para dos corazones que han llegado a comprenderse?

—¡Adiós, Adela!

»Y, veamos. ¿Amo yo a esa mujer?

»Sí, la amo; la amo, y si alguna vez lo dudo, es porque para mí el «amor», el verdadero «amor» no se encuentra ya en la tierra. ¡Oh!, pues yo amo a esa mujer, esa mujer debe ser un ángel,

»¡Amar! ¿Y qué es amar? Yo soy hijo de este siglo y amamantado con su literatura, con sus ideas, con su escepticismo. Vine al mundo dudando de todo. Mil hombres dolorosos, mil corazones heridos, mil víctimas de sus sentimientos, me dijeron: «Desconfía», y desconfié. Me nutrí de la hiel de Byron, del desdén de Espronceda, del frenesí de Jacobo Ortiz; desesperé de hallar un alma digna de la mía, y juré guerra al amor. Porque yo sabía, y mi corazón me lo gritaba muy alto, que «amar», no es ese sentimiento egoísta y calculador, o material y arrebatado, que teje en nuestra época las guirnaldas de Himeneo, sino otro sentimiento recóndito del espíritu, otra sed, otra aspiración, otra cosa sin nombre que surge de dos almas, y las une, y las hace darse mutuo apoyo, mutua esperanza, mutuo consuelo: «amar», según yo adivinaba, debía ser huir dos seres del mundo arrebatados en una mirada, en una sonrisa, en un acento, y volar, y perderse, y desvanecerse, y confundirse con el mismo Dios en la inmensidad de lo infinito.

»¿Dónde hallar a esa mujer? ¿Dónde hallar a ese ángel?

»Creo haberlo encontrado todo en Adela. Largo tiempo he dudado; pero desde esta noche no dudo. ¡Yo amo a Adela! ¡Adela es el ángel de mis ilusiones! ¡Adela calmará la sed de mi corazón! ¡Adela comprenderá las necesidades de mi espíritu!... ¡Amaré, pues, a Adela eternamente!

«Córdoba.

»Día 7 de julio de 1844.

»Luis me ama. Luis comprende el amor. Luis comprende a la mujer. ¡Gracias, Dios mío!

»He sometido a ese hombre a la última prueba y he quedado convencida de la pureza y elevación de sus sentimientos. Hemos estado toda la noche solos en el pabellón del jardín. La hora, el sitio, la música, la soledad... la despedida que nos reunía, todo hablaba a la imaginación frases de delirio... ¡Luis ha llorado! ¡Luis ha huido! ¡Ah, sí: me ama!

»Yo también le amo a él. ¿Y acaso no es él una excepción entre esa estragada juventud, carcomida de vicios, que constituye la nueva sociedad? ¿Acaso no empecé a amarle cuando supe su inocencia, su virtud, su irreprensible conducta? Él permanece con su aureola de serafín en medio de los libertinos que le rodean; él lanza su anatema contra sus desordenadas costumbres; él cruza por el lodo sin mancharse; él es, en fin, un hombre tal como yo nunca creí hallarle sobre la tierra. Sí... sí, yo le adoro; su amor es el único que ha ocupado mi corazón y tal vez el único que hubiera podido ocuparle. Yo le amo como hoy no se ama, como pocos seres habrán amado nunca, como los ángeles deben amar a Dios. ¡Ah! ya no estoy sola en el mundo, en este mundo brutal, materialista y degradado; yo, toda corazón, toda alma, toda poesía, he encontrado en el desierto de mi existencia un ser que comprenda mis ideas, mis deseos, mis aspiraciones.

»¡Dios mío!, ¡bendice tú estos místicos amores, perfumados de inocencia, vestidos de castidad, perdidos en la idealidad de los ángeles, arrebatados en busca de tu mirada paternal! ¡Dios! Mil y mil veces te doy las gracias por haberme dado el corazón de Luis. ¡Dios mío...! ¡Que yo no lo pierda nunca!»

«Badajoz.
»Día 3 de setiembre de 1844.
»¡Insensato de mí! ¡Adela no me ama! ¡Adela es una infame! ¡Adela era una miserable mujer disfrazada de ángel!»

«Cádiz.
»Día 3 de setiembre de 1844.
»Acabo de ser arrojada desde el cielo a la tierra. ¡Luis! ¡Luis!...

II Cartas

Entre los primeros y segundos apuntes que hemos copiado del diario de esos dos ángeles, hay un abismo inmenso.

Llénenlo, si es posible, estos pedazos de papel que explican algunos sucesos y han caído casualmente en nuestras manos.

El señor «Blandini» a su amigo «Beppo»:

«Te lo anuncié, camarada, y por consiguiente ha sucedido. No podía ser de otro modo. O soy o no soy mago: ahora bien; yo también presumo de profeta. He aquí el lance: oye la historia con todas sus circunstancias. Tú no tienes otros antecedentes que los que te di en mi última: en ella te manifestaba que una mujer de gran tono se había desmayado en su palco, oyéndome cantar la «Sonámbula», y al llegar a aquel verso:

«Ah! Per chè non posso oddiarte...?»

y que habiéndome yo apercibido de este suceso, quedé prendado de la bella «dilettante», e hice al momento propósito de explotar una sensibilidad tan exquisita.

—Ibi, vidi, vinci —dijo un paisano mío—, y a la verdad, que yo puedo decir otro tanto.

»Oye y aprende:

»Tratábase nada menos que de un corazón virgen, pero locamente enamorado; de un carácter antiguo, entre alemán y andaluz, mezcla extraña de espiritualismo y sensibilidad, de misticismo y pasión; de una muchacha, en fin, de románticos pensamientos, medio tonta y medio loca, educada con las ideas de unidad en amor, eternidad de afectos y supresión de la materia.

»Cualquier Napoleón amoroso hubiera creído este corazón un «San Juan de Acre».

»Yo, no: comprendo algo a la especie humana, lo que me vale la fama de cómico consumado, y soy demasiado músico para no haber conocido el flanco débil de aquella fortaleza: la chica era música nata y me propuse vencerla en el terreno de la música.

»Cuando a la noche siguiente salí a cantar sabía ya todos estos pormenores: la joven no asistió a su palco, y en su lugar vi a un caballerito muy parecido a ella. Era su hermano.

»También se ejecutaba la «Sonámbula», y esta noche fue la en que recibí esa grande ovación de que te avisaron los periódicos y por la cual me cumplimentaste. Al final de la ópera me arrojaron coronas: del palco de mi ausente beldad salió una lanzada por el joven que lo ocupaba. Era de laurel, y en una cinta azul que la enredaba leíase en letras bordadas con plata:

«Un alma sensible a un genio inspirado.»

»Me reí; cobré los cincuenta duros que me da la Empresa cada noche que canto, y me fui a la fonda muy reflexivo...»

(Aquí falta un pedazo de carta).

«...Logré, pues, al cabo de quince días ser su maestro de piano y canto.»

(El resto está roto, borrado e ininteligible.)

Postdata de una carta de Adela a Luis, antes de su rompimiento:

«P. E. Anoche vi la «Sonámbula» cantada de un modo ideal, inefable. El tenor es sublime. Me hizo llorar y perder el sentido. Te recordé mucho. ¡Qué alma tan grande y tan sensible tendrá ese Blandini! ¡Qué modo de expresar aquellos delicados pensamientos! ¡Oh, Luis! Tu amor y la música son los dos resortes de mi vida.

»Adiós otra vez; expresiones de mi hermano: creo que perderá el litigio a pesar de todo. Nada me importa, y sé que me amarás lo mismo en una modesta posición, que hoy me amas en medio de la vana opulencia que me ha dado la fortuna.

»Sin embargo, habrá pleito para dos o tres años, y en Sevilla tenemos influencia... Dios dirá.

»Cádiz, 20 de agosto de 1844.»

Luis a Adela.

«Alma mía: Mi regreso a tu lado será más pronto de lo que yo pensaba. He recogido la herencia de mi padre, y mi porvenir queda asegurado. Adela, ¿has olvidado tu promesa?

»Espero que antes de un mes serás mi esposa.

»Adiós por hoy. Tuyo siempre.

»Badajoz, 30 de agosto de 1844.»

Beppo a la signora Nunciata Piombino (en Nápoles).

«Nuestro querido Julio ha muerto en un desafío por causa de unos amores. El prometido esposo de una muchacha a quien el malogrado artista había seducido, ha privado al mundo filarmónico de ese pobre Blandini que en verdad, en verdad, cantaba muy bien.

»Ahora vamos a lo que nos importa, amiga mía.

»Hice vuestro encargo, etc. etc.»

Luis a su abuela.

«Lisboa, 13 de octubre de 1844.

»Quedad con Dios, mi buena madre. Mañana salgo para Inglaterra. Es probable que no nos volvamos a ver. Cuando halléis en el cielo a vuestra hija, que era mi madre, decid que pida a Dios el perdón de Adela. Yo no soy más que un hombre, y no se lo otorgaré nunca.»

Luis a Adela.

«Adiós para siempre. Vuestro amante no existe ya: a vos os dejo los remordimientos.

«Sé que nunca podréis olvidarme, y por lo tanto, me alejo, seguro de la venganza. Algún día llegará a vos la fama horrible de mi abatimiento, la voz siniestra de mi humillación; no olvidéis que he sido digno de vuestra alma, mientras vuestra alma ha sido digna de mi amor. Ahora conozco que vivía en una región platónica, en un mundo impalpable, con un deseo imposible de realizar. Os debo un desengaño absoluto y os lo agradezco. Mi vida cambia de norte. Vos le responderéis a Dios de su naufragio. Desde que he podido olvidar lo cruel de la medicina ante el beneficio de la curación; más claro: desde que he conceptuado mi desengaño como un bien y mi anterior conducta como una quijotería ridícula, quedo, señora, absuelto de flaqueza al no haberme suicidado. Hubiera sido una doble ridiculez.

»Adiós, pues; hemos sido arrojados de la dulce mentira de las ilusiones a la desnuda isla de la verdad. ¡Alegraos, Adela! Sois muy hermosa: vuestro porvenir es ancho; el mundo se abre ante vos...

»¡Buen viaje, señora!»

III Una mujer y un hombre

Estamos en Venecia.

Han pasado seis años.

Es de noche.

Mayo expira.

La Luna riela solitaria por las lagunas del Adriático.

Son las doce.

Una barca boga por debajo del puente de Rialto.

Dos bultos van en ella.

Son un hombre y una mujer.

Luis y una desdichada sin corazón.

Luis; pero no aquel Luis dulce, afable, inocente; no aquel Luis todo alma, todo vida, todo entusiasmo, que retrató Adela en su diario, sino la cárcel ya vacía, donde moró un alma; el esqueleto de un ser que murió; cenizas que fueron fuego; un hombre que se ha hecho más alto; que está más delgado, que se reclina en la góndola pálido, desencajado y ojeroso, elegante hasta la impertinencia, siempre risueño y nunca reflexivo, en fin; que habla alto y se burla de todo y desdeña lo más sagrado y ofende lo más divino.

La desdichada sin corazón que va con él es un tipo aún más horrible: es una belleza comprada.

¡Qué cuadro de desesperación!

Y, sin embargo, él tenía veintiséis años.

Ella no ha cumplido veinte.

Oigamos:

—Señor, tengo miedo... ¿Dónde me lleváis tan lejos?

—Calla.

—¡Oh!, sin duda que no me amáis...

—Y hago muy bien...

—Porque soy una mujer despreciable...

—No; porque eres una despreciable mujer... Así está la oración mejor construida.

Y Luis se rió de su agudeza.

—Pero ¿dónde vamos? ¡es tan tarde! —murmuró ella.

—Parad, barquero —gritó él.

La góndola paró.

Estaban enfrente de un magnífico palacio.

Por sus abiertos balcones salían los torrentes de luz, de música, de alegría y de perfumes que se desprenden de un sarao.

—Espérame —dijo el joven a la pobre mujer que le acompañaba—. Te explicaré en dos palabras tu situación. Te vi esta tarde; me gustaste y te hice buscar. Ahora voy a un baile, donde permaneceré una hora; enseguida volveré aquí y nos iremos a mi quinta: llegaremos a las tres.

—Pues, ¿dónde vivís?

—En el «Capo di Cresta»: a una legua de aquí. Adiós.

Y Luis, ligero como un gamo, salió de la barca y subió la escalinata de mármol del palacio.

Pero corramos nosotros más que él y precedámosle en los salones del príncipe de Lucini, cuya esposa hacía los honores de la casa.

—Giácomo —dice ésta a su marido—, me anunciaste que vendría esta noche ese noble español que vimos en el palacio de Ferri.

—¡Oh!... vendrá: no lo dudes.

—Es un hombre verdaderamente extraño.

—Sí: he oído decir que es al mismo tiempo músico como Verdi y calavera como Byron; que vive solo; que no se le encuentra nunca el corazón y qué sé yo qué más...

—¡Oh! —exclamó la princesa—; ved ahí el hombre que hace falta a nuestra nueva amiga, a esa terrible española, cuyo maquiavelismo trae locos a nuestros antiguos adoradores.

—Habláis de la marquesa... ¡Bien sabe Dios que quisiera verla enamorada! ¡Ah!, ya lo creo; pero será de vos, puesto que la idolatráis, ingrato.

—¡Oh!, como toda Venecia, esposa mía. Pero...

—No os disculpéis... Ella viene.

—Señores, ¿visteis por aquí a mi hermano?

Así preguntó de pronto la voz suave de una mujer, interponiéndose entre los dos esposos.

La marquesa, como la llamaban los príncipes, era de una edad incalculable, pero muy joven sin duda, muy bella, muy seductora.

No la describiremos.

Diremos tan solo que era una de esas deidades cuya mirada, cuya sonrisa, cuyo ademán, cuyo pie, cuya mano, cuyo traje, cuya voz, cuyo perfume, cuyo desdén —todo lo que es ella—, seduce, arrebata, electriza, siembra delirios y enciende tumultuosas pasiones; —una mujer que había aprendido a hacerse amar de cuantos la vieran, que lo procuraba eficazmente y que estaba muy segura de su corazón.

Era Adela.

Un círculo de jóvenes, algunos de ellos muy desventurados en adorar aquella estatua de brillante hielo y otros quizá soñando una esperanza que alimentaba la cruel, para luego desvanecerla; una multitud de corazones, pendientes de aquellos labios siempre sonrientes, rodeaba a esta mujer que en su edad de inocencia no había sonreído...

Allí estaban los tres hermanos Malaparte, muriendo de amor de ella; los Kosta, desesperados de ablandar su alma de granito; los Malipieri, cuyas riquezas todas no habían podido comprar una palabra afectuosa de aquella mujer.

En resumen; Venecia entera sabía que el corazón de Adela era invulnerable.

Aún no habían tenido los príncipes tiempo para contestar a su pregunta, cuando vieron palidecer a la hermosa y helarse en sus labios la sonrisa.

Luis había entrado en el salón.

Lucini se adelantó a él y le presentó a la princesa; hiciéronse mutuos cumplidos, y volviéndole luego Giácomo hacia la estática Adela:

—Tengo el honor, señora —la dijo— de presentaros a un genio, a un compatriota vuestro, a un amigo mío: don Luis de Gerona.

Después prosiguió:

—Aquí tenéis, carísimo, a la condesa de San Pedro.

Luis y Adela se inclinaron sonriendo.

Irguiéronse y se miraron frente a frente con indecible aplomo.

Hacía seis años que no se habían visto.

Y siguiose la más ceremoniosa escena, cruzáronse rápidos cumplimientos, y un «usted» desconsolador brotó de aquellos labios.

Los príncipes se habían retirado.

Adela... —dijo él, porque al fin era hombre.

—Está usted más delgado —replicó ella, porque era mujer.

—Señora, no esperaba hallarla a usted en Venecia.

—Viajo con mi hermano. Ganamos un pleito hace poco... y el marquesado, de San Pedro ha recaído de nuevo en nosotros.

—¿Y qué os parece Italia? —dijo Luis, herido por aquella indiferencia—; vos siempre la tuvisteis predilección.

—Sí... me agrada más que España —repuso ella sin alterarse.

El libertino tiró la cabeza atrás con un movimiento febril y presentando el brazo de Adela:

—Soy muy feliz, señora —exclamó—. ¡Oh!, venid —prosiguió diciendo y arrastrando a la coqueta hacia un balcón abierto que daba al mar—. Venid, señora, mirad qué hermosa noche...

—¡Oh, don Luis... seguís tan poeta! —dijo ella, con acento burlón.

—Dios me libre, señora. Y en verdad que me extraña esa pregunta. ¿No habéis oído hablar de mí en Venecia? Yo soy el dueño de la quinta del Capo di Cresta.

—¡Ah!, sí... —replicó la joven—, y fijó sus ojos en el rostro de Luis.

Y recordó la última carta que la escribió.

Y recordó la fama de las disoluciones que llenaban hacía un mes la citada quinta.

Y recordó que se hablaba en Venecia de un nuevo Byron.

Y tembló al ver que Luis era aquel hombre.

Y, a fuerza de mirar aquel rostro ajado, marchito sellado de impiedad y desaliento, conoció que era débil ante aquel hombre, más degradado aún que ella.

Y sintió compasión o se horrorizó...

Es el caso que exclamó de un modo extraño:

—¡Luis!

Pero Luis comprendió todo esto; y al ver flaquear a la mujer, sintió el grito del orgullo y de la venganza.

—Mirad al mar —exclamó.

Ella miró al mar.

La esplendidez de la noche, la soledad aquella, algo que no tiene nombre, pesó sobre el alma de Adela.

—¡Ay!... —murmuró, Luis tragó sus lágrimas y sus suspiros y balbuceó de un modo implacable:

—¿Veis aquella góndola iluminada? ¿Veis una blanca figura en ella? ¡Ved por lo que os dije hace poco que era muy feliz!

—¿Amáis a esa mujer?

—Más que a mi vida.

Adela sintió la puñalada y volvió a mirar a Luis.

Y volvió a espantarse ante la expresión de su rostro.

—¡Desventurado! —pensó—; ¡ya no tiene alma!, ¡Ay! ¿Y qué ha sido de la mía?

Luis la dejó apoyada sobre el balcón, porque quiso quedarse allí, y se despidió de ella.

Volvieron a sonreír.

Cuando el joven alzó la cabeza, después de saludar a Adela, le pareció que pesaba una montaña sobre sus hombros.

Despidiose de los príncipes y salió.

Llegó a la góndola.

La cortesana dormía.

Luis pensó muchas cosas en un segundo.

Arrojarla al mar.

Arrojarse él.

Matar a Adela.

Amarla, aun en su infamia, y aceptar un ídolo de barro a trueque del ángel que había perdido.

Pensó, por último, beber ron y dormir en brazos de aquella infeliz que a sus pies yacía.

Vogó la góndola y pasó por debajo del balcón que acaba Luis de abandonar. La sombra de Adela aún se percibía en él.

Entonces, con una voz más triste que el llanto de aquellas olas cuando besan las riberas abandonadas del Lido, entonó el joven una canción sobre un tema de la «Sonámbula», con algunas variaciones.

Empezaba así:

Ah! Per chè non posso amarte...?

Adela escuchó aquel canto y se quitó del balcón.

La voz se perdió en la soledad de las lagunas.

Ella se lanzó de nuevo al vértigo del sarao, y aquella noche estuvo encantadora, arrebatadora, «fuñosa», como dicen nuestros vecinos.

Sí... sí... aquella noche estuvo divina: sembró hiel y desesperación en todos los que la amaban: ¡fue cruel, implacable, deliciosa!

Al día siguiente se habló de un desafío entre dos jóvenes, del suicidio del menor de los Malapartes, de algunas lágrimas vertidas en un periódico... ¡Qué sé yo!

Ella juraba haberse divertido mucho en casa de Lucini.

En cuanto a él, volvió a la orgía que abandonó para ir al baile, y las roncas carcajadas de su júbilo resonaron en el Capo di Cresta durante el resto de la noche.

Luis y Adela no se volvieron a ver en mucho tiempo.

Pasaron tres años.

IV Melancolías

Escribimos el más difícil de todos los dramas.

Drama que no pudiéramos ni aun bosquejar, a no iluminarnos la melancólica luz de algún recuerdo.

En la narración de los hechos, en el enlace de los acontecimientos, en la inventiva de los sucesos, en la acción de peripecias —esqueletos todos que constituyen la verdadera novela—, tiene el autor mil recursos en la mano: está libre. Las situaciones son a medida de su fantasía; los giros, más o menos interesantes, según la capacidad y soltura del cronista, son siempre independientes, y se le permiten todos los medios con tal que lleven a un fin cualquiera.

Pero en la descripción de los sentimientos; en los dramas de corazón, de análisis; en las autopsias morales, donde no hay catástrofes, ni enredos, ni otra acción, que la misma melancolía de la existencia, tiene el autor que esclavizarse a los pies de las leyes inmutables de la pasión. Debe seguir un camino preciso, y sobre todo, buscar este camino. Una sensación falsa es un contrasentido, un absurdo; no puede darse. La verdad tiene, pues, que suplir por la belleza. La lógica de las emociones es la fisiología: la fisiología, que es el más doloroso y difícil estudio que emprende el hombre. La naturaleza es única y constante en sus leyes. El secreto de estas leyes será eternamente un abismo para la psicología.

Los «Dos ángeles caídos» tendrán, a lo menos, esa preciosa verdad; porque bien pueden ser una historia en vez de una novela.

Íbamos por el año de 1853, cifra fresca todavía en el libro del tiempo.

En las inmediaciones de Sanlúcar de Barrameda hay una playa pintoresca, que Dios solo sabe si es margen de río o ribera de mar.

Allí es donde se amargan por primera vez las aguas del Guadalquivir.

En esta playa, que reúne las dos más bellas faces de la naturaleza —vega y costa—, paraje delicioso, donde el verde puro de los campos, el indefinible verde de las extensas olas y el azul del infinito cielo reverberan ante una misma mirada del Sol, había el año pasado una modesta cuanto graciosa quinta, medio oculta entre olivares.

¿Quién vivía allí?

Por cierto que no lo sabía un cazador joven, apuesto y elegante que la miraba desde lejos.

No lo sabía, no; yo os lo aseguro.

Era por la tarde.

El Sol de un día de setiembre se hundía ya en las aguas...

El cazador no había tirado un tiro en todo el día, y sin duda por esto estaba melancólico.

Yo creía más en que el ocaso era lo que le entristecía.

Bajó hasta el mar y se sentó en la arena.

Allí se quedó pensativo.

Aquellas mismas olas que le mojaban el calzado habrían estado en América pocos días antes; habían, quizás, besado alguna vez las risueñas islas de Venecia; cruzado, como él, el estrecho de Gibraltar, y presenciado, mudas y trasparentes, mil escenas de amor e infidelidad...

Aquel río que a sus pies lanzaba el último lamento, venía de Córdoba...

¡Ay! El cazador era Luis.

¿Qué hacía allí?

Ni él mismo lo sabía.

Aquella mañana se había salido de Sanlúcar con la escopeta al brazo, huyendo de sus amigos, de la sociedad, de los hombres, del mundo entero.

Ya no le distraía el viajar.

Ya no gozaba en lo que los mortales llaman goce.

Necesitaba una cosa para vivir y sin ella se moría de tedio.

Andando maquinalmente, sin pensar en la caza, se había alejado una legua de la ciudad...

Y en aquel aislamiento se sentía mejor.

Hubiera querido llorar; pero no podía.

Hacía mucho tiempo que no lloraba.

Un tiro que sonó tras él le sacó de su abstracción.

Al mismo tiempo sintió dolor en un hombro.

Estaba herido.

Levantose bruscamente y montó su escopeta.

Entonces, vio acercarse un joven trémulo, lloroso, desencajado, el cual, arrojando la suya con desesperación, gritaba:

—¡Por Dios, por Dios!, perdonad, no os había visto... No será nada... eran perdigones...

Luis se sonrió y tendió la mano al desconsolado cazador.

—En efecto, no es nada —repuso para tranquilizarle.

—Caballero —exclamó el otro—, nunca me perdonaré lo que he hecho... Veamos.

Y casi a la fuerza quitó a Luis su levita de caza y levantó la manga izquierda de su camisa.

Pos o tres manchas rojas aparecieron en el hombro...

—¡Ah!

—Ya veis que no es nada.

—¡Oh.! no... seguidme... Venid; allí vivimos... Se os curarán esas heridas.

—Dispensadme, amigo mío. Luego iremos. No asustemos a vuestra familia. Dejad que anochezca. Ahora me siento bien... ¡Estaba tan a gusto en esta playa! Vamos.... sentaos: ¿habéis cazado mucho?

—No, nada... —respondió el desconocido, dominado por aquella indiferente serenidad, por aquel tranquilo estoicismo—. He salido hace poco a dar un paseo, porque ya os he dicho que vivo en esa quinta. Vi una pájara grande cruzar por aquí cerca; la apunté; pero al disparar el tiro sentí un estremecimiento nervioso; perdí la puntería, y entonces os vi levantaros...

—¡Y estáis muy pálido!

—Sí; acabo de salir de una penosa enfermedad que contraje en América.

—¿Sois americano?

—No; pero he vivido allí mucho tiempo. Cuando murió mi padre, hace trece años, tenía yo diez: mi hermano y mi hermana, mayores que yo, se quedaron aquí a seguir un pleito de que dependía la ruina o salvación de mi casa. A mí me enviaron a América con un tío comerciante que allí tenemos. El año pasado murió mi hermano, y mi hermana quedó sola. Entonces abandoné a mi tío y me vine a su lado. El pleito, que se ganó hace cuatro años, volvió a suscitarse a la muerte de mi hermano, bajo otro concepto, y le perdimos hace cuatro meses, no quedándonos de una inmensa fortuna, de un marquesado, de un nombre ilustre, más que esa pobre quinta, estas miserables tierras y el modesto cuanto querido nombre de nuestra madre. Ahora me llamo León Aranda, vuestro desde hoy, aunque no puedo ofreceros más que mi amistad y esa choza.

—Las acepto, la una por toda la vida, la otra por esta noche. Ya no es hora de volver a Sanlúcar. ¿Conque decís que vive con vos vuestra hermana? ¡Oh, muy triste debe de estar en esta soledad, ella acostumbrada al vértigo del mundo!

—¡Triste...! No. Mi hermana, la hermana que he encontrado a mi vuelta del Nuevo Mundo, es un carácter particular. Os juro que nada sé de su vida. Puedo decir que hace ocho meses que la conozco. Pero ha de haber sufrido mucho. Se aviene con la soledad más que yo, y llora de alegría cuando ve en mis brazos a su hijo...

—¿Tiene un hijo? Luego es viuda.

León Aranda palideció: había dicho una imprudencia...

—Sí... viuda —repuso sin vacilar.

En esto había anochecido.

Las agonías del crepúsculo luchaban con la noche allá en lo último del mar.

Las estrellas y la Luna decoraban el cielo.

Luis y León se levantaron a un mismo tiempo.

Y se dirigieron a la quinta.

Callaban.

León pensaba en que aquellas nubes de poniente, que aún la tarde coloreaba, sellan el lecho de un amanecer para la América; pensaba que allí donde el Sol caía había una región que él amaba, y unos amigos para siempre perdidos, y tal vez una mujer que no volverían a ver sus ojos.

Luis se acordaba de otras tardes y de otros años de su vida.

Unos deliciosos sonidos les sacaron de sus reflexiones.

—¿Suena un piano? —dijo Luis.

—Sí... será mi hermana...

—¡Oh! Pues no la interrumpamos. Callad. Acerquémonos: yo amo la música sobremanera, y se me presenta una deliciosa velada. Callad.

Llegaron a las verjas de un huerto.

A lo lejos se veía una ancha ventana abierta, que caía a un estanque y estaba adornada de parras y jazmines.

La habitación a que pertenecía estaba iluminada, y en el fondo de ella se distinguía vagamente una mujer vuelta de espaldas, colocada entre dos bujías.

Era la hermana de León, sentada al piano.

Iba a cantar.

¡Cuánto vuela la imaginación!

En el medio minuto que tardó la joven en arrancar del piano uno de esos brillantes preludios de Hertz que parecen el caos de la armonía, de donde ha de brotar después ordenada la creación; en aquellos treinta instantes, durante aquellos treinta latidos, edificó en su mente mil diversos alcázares, e ideó mil fases para su porvenir.

Todos estos ensueños basaban en estas reflexiones...

—¡Qué dichoso fuera yo en esta soledad, junto a una mujer de corazón que curase el mío... en la paz, en los cuidados domésticos, con unos hijos que volviesen la ternura a mi alma y alegrasen mi vejez!... Olvidaría a Adela... no... no la olvidaría; pero como ya no la amo, viviría tranquilo, ya que no dichoso, al lado de la madre de mis hijos. ¿Y quién sabe? El corazón del hombre es muy profundo y tal vez puede dar cabida a dos pasiones a un tiempo...

Entre tanto empezaron a gemir unas notas, que, sin apercibirse Luis de ello, caían en su alma como gotas de rocío.

Sentía un dulce bienestar y no sabía cuál era.

—Si la hermana de León me amase —siguió pensando Luis, poseído de un raro, anhelo—; si fuera una mujer excepcional; si fuese hermosa... ¡Oh!, no... aunque no lo fuera... yo la amaría... Soy rico... pero nunca saldríamos de aquí... La daría mi mano, y... ¡quedárase en buen hora perdida y descorazonada en el mundo aquella infeliz que nunca me amó...

Ah! Per chè non posso oddiarte...?

Este verso, cantado por una voz de tiple cuya expresión era indescriptible, interrumpió las reflexiones de Luis.

—¡La «Sonámbula»! —murmuró éste.

Infidele...!

Siguió cantando la hermana de León, con un acento doloroso que conmovió todas las fibras del corazón de Luis.

Todos los recuerdos de su vida se agolparon a su frente, y dio este grito desgarrador, espontáneo, escapado del sentimiento:

—¡Adela!

Cesó el piano y calló el canto.

La joven, estremecida por el eco de aquella voz, acercose al balcón y divisó los dos bultos detrás de la verja.

—¿Conocéis a mi hermana? —decía al mismo tiempo León a Luis.

—Adela... —balbuceó éste otra vez—... ¡Sola! ¡Con un hijo!... —pensó en seguida.

Y apoyó contra los hierros de la reja su frente, que ardía...

Pasó un largo rato...

Luis levantó la cabeza.

Y vio a su lado una mujer vestida de blanco, la cual hacía una seña a León para que se marchara.

León se fue.

La mujer se acercó a Luis.

La luz de la Luna hirió su rostro.

Era Adela.

Adela, pálida, delgada, marchita; con la frente abrumada, los ojos apagados, la cara más larga, los labios sin color ni sonrisas y la actitud desmayada...

Adela, en fin, sin su hermosura.

Miráronse en silencio.

También Luis había cambiado mucho.

—Caballero —murmuró Adela con la mirada perdida en la más indescriptible contemplación, porque contemplaba a aquel hombre—; quisiera que hablásemos...

Y su voz era una queja, una súplica, el gemido del remordimiento; y por consiguiente, sonaba digna, lenta y reposada.

Luis exclamó:

—¡Hablar nosotros, Adela!

—Sí —respondió ella con triste solemnidad.

Y sus ojos y los de Luis quedaron clavados unos en otros, midiendo mutuamente las profundidades de sus dolores, de sus almas, de sus recuerdos.

Y se compadecieron los dos, porque los dos conocieron que eran muy infelices.

¡Ay! cosa extraña: ni un relámpago de amor se inflamó en sus pechos al choque de aquella mirada.

Muy cansados debían estar sus corazones.

Adela lo comprendió así, y acaso por la vez primera se apercibió de la horrible distancia que la separaba de Luis.

Buscó sus emociones, aquellas emociones sentidas en Córdoba hacía nueve años, y no las encontró.

Su alma parecía impotente.

Pero era mujer, y como tal mujer, porfiada, temeraria, curiosa, llena de fe en la sensibilidad.

Cogió a Luis de una muñeca y le dijo:

—Venid.

—¿A dónde, señora?

—Al mar.

V

Luis y Adela caminaron en silencio durante media hora. La fría mano de ella temblaba sobre la de él, no menos trémula y helada.

Aquel hombre caminaba con esa resignada actitud que ostenta el mártir al entrever un nuevo tormento.

Llegaron a la orilla del mar.

Allí había unas pequeñas rocas, y Adela se sentó.

Inclinó la cabeza, y abismando su mirada en la quietud del océano, permaneció inmóvil.

Luis quedó de pie; mirándola.

Pasaba el tiempo, y ninguno sabía cómo empezar.

Un ancho sollozo levantó el pecho de Adela, y un no de lágrimas se desbordó de sus ojos.

Luis vio aquel supremo dolor y se estremeció como una montaña próxima a desplomarse.

Y a fuerza de envolver con su mirada a aquella mujer, tan querida en otro tiempo, conoció que era todavía el alimento de su alma, la predestinación de su vida, el resorte sensible de su apagado corazón.

Y por más que mereciera aquellos sufrimientos la amante perjura, no podía el fiel amante verla sufrir sin consolarla.

Porque el arrepentimiento purifica.

Porque el dolor engrandece.

Además, que Luis era superior a ella.

—¡Adela...! —murmuró maquinalmente.

Y la harmonía de este nombre despertó los muertos ecos de su alma, acarició con sus labios aquel sonido y como que besaba aquel nombre al pronunciarlo; se aplació en balbucear, en retener en su boca aquella frase de amor, símbolo de tantos recuerdos, e hizo por caer en el sonambulismo del olvido, en una abstracción de cuanto había mediado entre Córdoba y Sanlúcar.

—Adela... —repitió sentándose junto a la cuitada.

—¿Me perdonas? —dijo ella sin levantar el rostro, inundado de un mar de llanto.

Aquella palabra «perdón» desencantó a Luis: la realidad se ofreció a sus ojos, y, ahogando un suspiro, contestola:

—¡No!

—Luis, ¿por qué eres tan cruel? Preguntó ella mirándole con desesperación.

—Adela, no nos engañemos. Entre nosotros todo ha terminado.

—Lo sé —respondió la joven—. Y no creas que, aunque tu corazón fuese mío, pudiera yo amarte... ¡Amor! Esta palabra me horroriza... No... no... yo no te amo; pero quiero tu perdón.

—¿Para qué entonces?

Para poderte recordar sin odio, sin terror, sin remordimiento.

—Adela —dijo Luis con voz sombría—;yo maté al padre de vuestro hijo.

—¡Mi hijo! ¡Ah! ¿Sabéis que tengo un hijo? Y bien... le tengo, y por eso no os amaré nunca...

—Adela —repuso Luis—, ¿no queréis hablar de Julio Blandini?

—¡Blandini! —repitió ella—: debisteis matarnos a los dos. No tuvo él la culpa de amarme...

—Señora —exclamó el joven con voz solemne—: Julio Blandini no os amaba, y por eso le maté; Julio Blandini nos había asegurado a los dos con alevosía y premeditación, y mi espada fue la espada de la justicia. Si Julio Blandini os hubiera amado, si él os hubiera podido hacer dichosa, juro por Dios que yo hubiera muerto solamente con tal de no estorbar a vuestra dicha, Mañana veréis una carta de aquel infame seductor, donde conoceréis su perfidia y vuestra verdadera desgracia... ¡Adela, aprended a conocerme!

—¡Ay! —replicó aquella mujer—; ¡el padre de mi hijo no me amaba! ¡De este modo me hacéis más criminal, en vez de otorgarme el perdón! ¡Oh, Luis! ¿Por qué te alejaste de mi lado? ¿Por qué me faltaste tú primero?

—¿Quién? ¡Yo! ¡Adela...

—¡Oh!, sí!; lo sé todo. En Badajoz, un mes después de separarte de mí, amaste a una joven...

—¡Basta, señora! ¡No disculpéis vuestro corazón profanando el mío! ¡Es mentira, es una mentira infame! ¿Quién pudo...?

—Blandini... lo supe por Blandini...

—¡Oh...! —murmuró Luis con voz ahogada—, ¡Blandini!... ¡Señora!, os juro por el alma de mi madre que es mentira. ¡Yo amar a otra mujer! Adela... dejadme, por piedad.

Y el joven se levantó para alejarse.

Luego volvió más desesperado.

—Y aunque así fuese —dijo con una especie de delirio—; aunque así fuese, Adela, lo cual es tan imposible como que esos astros dejen de lucir... ¿acaso quedáis disculpada? ¿Qué, señora? ¿Sería el corazón de mi virgen el que tomase tales represalias?

—¡Calla, por Dios! ¡Compadéceme y escucha! Oye mi horrible desgracia; la desgracia que ni aun acierto todavía a comprender cómo pudo sucederme. Todo conspiró a mi perdición. Figúrate una mujer despechada porque se cree olvidada por ti; una mujer que ve todos los días, a todas horas, a un hombre que la consuela, a un hombre hermoso, fatal, fascinador, que posee la inspiración, el genio, la sublimidad del arte, la música, veme sola con él, llorando a su lado, sintiendo al par que su corazón, arrebatados los dos en un mismo entusiasmo... Combina un momento, un delirio, una indefinible sensación, un beso que me sorprende, un hombre que se arrodilla, mi razón que se va, mi voz que se hiela, mi sangre que se ahoga...

—¡Infame! —exclamó Luis—. ¡Mil vidas no pagarían su delito...!

—¡Ay lo que he llorado después! Luego dejé de llorar. Mataste a aquel hombre... Me insultaste en una carta... Fui madre... Mi hermano, mi pobre hermano, me maldijo, y no me ha perdonado hasta poco antes de morir... Tú me abandonaste... El mundo me sonrió... Yo necesitaba olvidar... ¡aturdirme! ¡Lo hecho, hecho estaba!, Érame, pues, preciso, o morir de remordimientos; o vivir sin corazón: preferí esto: se irguió mi orgullo y fui coqueta... Tú me olvidaste entonces; amaste a otra mujer; me lo dijiste en Venecia, y yo devoré aquel dolor como había devorado otros muchos...

—Adela —interrumpió Luis—; otra vez profanas mi corazón: yo no amaba a aquella mujer de la góndola, ni he podido amar después de perderte, ni podré amar ya nunca, ni aun a ti misma. ¡Adela! ¡Aquella mujer era una miserable cortesana! Te engañé porque estaba despechado...

—Yo no he amado tampoco más que a ti. Blandini fue un meteoro, un delirio, una alucinación de quince días... Óyeme, Luis. Hay una verdad que me horroriza.

—¿Cuál?

—Que es imposible helar el corazón. Mira: yo lo he procurado por todos los medios imaginables: con el egoísmo, con el cálculo frío, con la vanidad, con la duda, con el amor propio, con el hastío, con todo lo que hace reinar a la cabeza sobre las impresiones... ¡Luis!, mi corazón ha existido siempre, como un mar de llanto a que nunca he encontrado fin. Hoy mi, corazón ha triunfado, y aquí me tienes retirada de la sociedad, entregada a mis recuerdos y pidiéndote por segunda vez un perdón que no me lo negarás.

—¡Adela! —balbuceó Luis—; ¿no es verdad que te he amado mucho? ¡Oh, si supieras lo que te he amado! ¡Si supieras lo que sufro desde que no te amo! Yo he querido, llenar el hueco que dejaste en mi alma con torpes amores, escándalos vino, impiedad y descreimiento. ¡Desdichado! Aquí me tienes con el alma y el cuerpo fatigados, vacío de amor, de fe, de entusiasmo, roído de tedio, devorado por tu memoria. Ven, ven también quiero yo tener corazón y sentir una vez siquiera, aunque no sea más que esta noche...

¡Mírame... mírame con esos ojos que yo tanto quería... mírame como en otro tiempo. Pero no llores, no llores, Adela! Sí; yo te perdono... Yo quisiera que fueras muy feliz... yo te amaré siempre; pero con un amor tan doloroso, tan desolado, que no puede resistir a tu presencia. ¡No, no quiero ver tu frente agostada, tus ojos marchitos, tus labios sin frescura! ¡No quiero morir de desesperación al pensar que no me es dado volverte los encantos de tu pureza! Ven... ven a mis brazos, desventurada; ven y llora junto a este corazón seco y estragado, ¡Adela mía, mi Adela! Nos vemos por la última vez...

—¡Ay! —suspiró la joven—; Dios me ha dado una noche de ventura. ¡Dios mío! ¡gracias! Vete, Luis, vete para siempre. Tienes razón; soy indigna de ti... estoy mancillada... ¡déjame! ¡Déjame aquí sola morir lentamente, adorando mi pasado!. ¡Ay! Si tú supieras comprender que puede estar la frente sin aureola y el alma seguir virgen... Si tú quisieras creer, hombre generoso, que yo, que tengo los ojos marchitos, los labios sin frescura, guardo el sentimiento inmaculado, la fe viva... ¡qué se yo! ¡Ah! Luis, ¿por qué te he visto otra vez? Pero no me oigas, no me oigas... ¡Ya no debes creerme! ¡Te engañaría otra vez! ¿No estabas pensando tú eso mismo? ¡Qué te importo ya! ¿Qué te queda de mí? ¡Ni pureza, ni hermosura! Tan solo una conciencia que vuelve a gritar y un corazón que vuelve... ¡ay! ¿Qué iba yo a decir? ¡No... no me creas!, ¡no me creas!...

Era muy tarde.

Adela, colgada del cuello de Luis, anegada en llanto y con la cabeza tirada atrás, le repetía esas palabras.

Luis rodeaba el lánguido cuerpo de aquella seductora y desventurada mujer, que tanto había querido...

El mar se quejaba debajo de ellos, y la solemne reverberación de las estrellas se reflejaba en sus olas.

La Luna tendía su velo de plata sobre aquel cuadro de amor y de tristeza.

¡No... no hay en mi pluma palabras, ni hay lenguaje en el mundo que pueda copiar el diálogo que se siguió! Hablando, llorando, abrazados como la vid y la hiedra, como el dolor y la compasión, les sorprendió la aurora. ¡Cuántas íntimas confidencias! ¡Cuántas tristes recriminaciones! ¡Cuánta generosidad!

¿Qué pasó en sus almas durante aquella noche?

Yo no lo sé.

O más bien, lo comprendo y no sé definirlo.

Hay cosas que carecen de retrato.

Lo diré de alguna manera.

Lentamente fueron hundiéndose los átomos de fango que enturbiaban la copa de aquel amor, y el néctar divino adquirió de nuevo su transparencia.

Las brumas del invierno fueron desgarradas por un rayo de Sol de primavera, y el cielo quedó, tan puro como el día de la creación.

Dos ángeles, los custodios de Luis y Adela, se buscaron en medio de la noche y se reconciliaron al llegar el alba.

La reflexión, la razón, el cálculo, vacilaron en sus ejes a la voz del corazón, y los sentimientos fundieron en su santa hoguera dos seres nuevos, grandes y puros, con los despojos de otros dos seres abyectos, corrompidos y hechos pedazos.

Los espíritus celestiales que se llaman «Perdón», «Abnegación», «Sacrificio» y «Caridad», temblaron de júbilo al hospedarse en los corazones de los dos seres regenerados, y el olvido generoso, ese olvido que quiere olvidar, cubrió con su bálsamo las dolientes fibras que aún denotaban debilidad y rencor.

Llegaba el día.

Luis selló con un beso la frente de Adela.

Era el primero que la había dado en toda su vida.

La frente de la joven se encendió de rubor, y Luis sintió que aquel rubor abrasaba sus labios.

Apartó el rostro para mirar el de ella, y ella levantó sus ojos para ver los de Luis.

Una larga mirada, donde vibró un relámpago fugitivo de ese fluido etéreo, de esa luz divina, de ese rayo del cielo que se llama «Amor»; una mirada como hacía muchos años no había salido de los ojos de Luis y Adela, mirada de reconciliación y de ternura, unió sus almas en un momento e hizo palpitar aceleradamente sus corazones.

Sí... se amaban otra vez.

Entonces sonrió ella de un modo inefable; los ángeles la dieron aquella sonrisa, ¡y aquella sonrisa fue de júbilo, de pasión, de gratitud, de enternecimiento, de veneración, de ventura!

El Sol salió en aquel instante.

Luis y Adela volvieron a la quinta.

Delante de ellos iba la esperanza, sembrando de flores el camino y tiñendo de gloria el horizonte.

¿Qué dices, lector?

Me parece estarte oyendo: me acusas de ilógico, de poeta, de delirante; exclamas que esa escena es imposible; me pides por favor que no siga; que no pronuncie estas palabras fatales: se casaron; y juras y perjuras que Luis es tonto y Adela ¡qué sé yo qué!

Pues, lector, di lo que gustes.

¡Feliz tú si no puedes creer ni comprender más de cuatro cosas!

Conque... «escucha y tiembla», como dice Edipo.

Adela y Luis se casaron hace dos o tres días.

El 31 de mayo próximo cumplirá, nueve años el hijo de Julio Blandini.

La hermosa

I

¡Hermosas de mi alma!

Penoso es el deber que me he impuesto: nunca fue tan encarnizada como en este momento esa sempiterna lucha que sostiene, al veros, mi cabeza contra mi corazón. Por esta vez mi corazón callará; callará porque yo se lo mando, y mi razón fría, insensible, estoica, como la mano de Scévola o cual el escalpelo de un anatómico, penetrará sin conmoverse en el terreno de las... conmociones.

Tranquilo y resignado hice la autopsia de la «fea»: Dios es testigo de que no temía su odio... quizás no lo esperaba... Pero vuestro odio, hermosa, vuestro odio dejaría mi alma... en el mismo estado en que se encuentra.

De cualquier modo, el deber lo manda: es preciso colocar la verdad en su trono (ya ven ustedes que soy monárquico), es menester callar o decirlo todo... todo... ¡Ah!, yo os pido perdón previamente: yo protesto... es decir, mi corazón protesta contra todo lo que voy a consignar... ¡Hermosas!, yo os idolatro. todavía más de lo que quisiera, tal vez más de lo que debo... ¡convenido!, y por lo tanto me arrepiento, declaro que soy un torpe... todo lo que queráis... Es más: yo os contentaré en su día con unos suaves, mentirosos, aduladores versos... pero hoy... hoy es indispensable consolar a aquella pobre «fea», de quien acaso os habréis reído por espacio de dos semanas...

Hoy le toca a ella reír y a vosotras rabiar.

Ése es el mundo.

II

¿Por qué una mujer hermosa es hermosa?

¿Dónde están las reglas del gusto?

¿En qué libro, en qué código se determinan la magnitud de una boca, la colocación de una oreja, el color de unos ojos?

¿Por qué hemos de convenir todos los europeos en que una nariz recta, encanutada, griega a lo Fidias, es el ideal de las narices?

¡Eh! Pues suponed que yo ahora salgo diciendo que me gustan las chatas; que aquello es encantador; que Fidias es un zopenco.... ¿qué me contestaréis?

¿Cómo me probaréis que Dios no hizo a Eva chata, o que la coqueta naturaleza no se complace con aquellos versos de Quevedo:

> Las narices en cuclillas
> y las facciones a gatas?

No lo dudéis: la hermosura es un pacto convencional; es una moda. La belleza china está en los ángulos, así como la nuestra en los círculos una «leona» de Pekín sería realmente en Nápoles una fiera. Los etíopes prefieren las negras a las blancas. ¡Ay, hermosas! ¡Desdichado para vosotras el día en que ocurra a los granadinos pensar como los etíopes!

¿Lo bello es verdaderamente bello?

Lo dificulto.

¿Gustan las hermosas a todos los hombres?

Creo que no.

En cuanto a mí, afirmo y juro que el tipo de hermosura que yo prefiero, dará náuseas a la generalidad de mis prójimos.

¿No habrá muchos que piensen como yo?

Sépanlo ustedes, señoritas: los gobiernos absolutos han prescrito. No estéis orgullosas las que tenéis la boca como un anillo: hay hombres que gusten de las bocas grandes; no os engriáis con los colores de leche y carmín que ha espurreado Dios en vuestras mejillas: hay hombre que sin ser romántico se muere por el color de aceituna. Además, aunque lo que vosotras llamáis «bello» sea realmente «bello» ¿cuál será la que reúna todos los adminículos de la belleza perfecta?

¿Queréis saber cuáles son? Pues copiemos:

«Para que una mujer goce de completa perfección en su belleza, se necesita que tenga:

Tres cosas blancas: el cutis, los dientes y las manos.

Tres negras: los ojos, las cejas y las pestañas.

Tres rosadas: los labios, las mejillas y las uñas.

Tres largas: el talle, las manos y el cabello.

Tres cortas: los dientes, las orejas y los pies.

Tres anchas: el pecho, la frente y el entrecejo.

Tres estrechas: la boca, la cintura y el empeine del pie.

Tres gruesas: los brazos, las pantorrillas y las piernas.

Y tres pequeñas: el seno, la cabeza y la nariz.»

Ya lo habéis oído: veamos cuál de vosotras saca ahora el toro a la plaza.

III

Pero supongamos que la «hermosa» existe.

Y supongámoslo con tanto más motivo, cuanto que hay muchas mujeres que creen serlo.

Examinemos a esta mujer que todo el mundo, y ella la primera, tiene por bonita.

Antes de proseguir advertiremos que no hay regla sin excepción.

Partiendo de este principio, y sin detenernos en clasificaciones, como hicimos para hallar la fea, henos ya enfrente de la «hermosa» tipo, de la «hermosa» en esencia, de la «hermosa» modelo, de la «hermosa» adornada con las cualidades inherentes a su colosal amor propio.

Es una mujer de esas que llamamos bellísimas, que nos encontramos de manos a boca en la Carrera, que nos chocan, que las seguimos con los ojos, y que, pasados cinco minutos, se han borrado de nuestra imaginación. Es una mujer altiva como Juno, hermosa como Tetis, lujosa como Cleopatra, es un emporio de perfecciones relativas, donde el último respingo de la nariz está harmonizado con el más insignificante pelo de las cejas, donde esta arruga del semblante está en simetría con aquel pliegue del vestido y la colocación de este hoyo con la colocación de aquel hueco, y aquella prominencia de carnes con aquel grupo de encajes y cintas; donde la forma de la pulsera hace la mano más pequeña y las cintas del sombrero la cara más picaresca; donde la caída del brazo tiene su dignidad, y la inclinación de la cabeza su significado, y el modo de pisar su mérito; y la tos su estudio, y la risa sus reglas, y el movimiento su compás, y las miradas su norma, y los saludos su método, y las palabras su orden ¡y el corazón ni un sentimiento!

Es una mujer de veinte años que lleva quince de ser bonita.

Es una bonita que pasa de este modo cada uno y todos los días de su juventud:

Se despierta y se mira al espejo.

Se gusta y se hace medio vestir.

Se admira en su negligée y piensa una hora en trajes y modas.

Almuerza, coqueteando hasta con su misma familia.

Pinta un poco, sin afición a la pintura, o lee sin más objeto que pasar el rato.

Pasea para que la «vean», y se ocupa durante el paseo en «ven» quién la «ve», y en apenarse porque Fulano no la ha «visto».

Ella no necesita «ver» a nadie.

Con «verse» a sí misma tiene lo suficiente.

Va como un autómata, arreglando sus movimientos de acuerdo con el espejo.

Tiene un novio por orgullo.

Pero aspira y quiere enamorar a los demás: propende, como Napoleón, a la monarquía universal.

Vuelve a su casa satisfecha porque ha gustado.

Come y va al teatro.

No está pensando en la comedia, ni en los actores, sino en sí misma.

La incomoda vivamente la atención que el público presta a las cómicas y el ardor con que las aplaude.

Cree que aquellos aplausos y aquellas miradas son robados a ella.

Siente envidia, y quisiera saber brillar como la cómica.

No puede y la desdeña; no la mira: quizás repara en el traje... Esto sí podrá criticarlo.

Sale del teatro con la cuenta en la memoria de los que la han mirado y de los que la han sonreído.

Aquella noche adora a los que no la han sonreído ni la han mirado.

Va tal vez de tertulia, donde luce todos sus atractivos para hacer prosélitos...

Vuelve a su casa bostezando...

Lleva el corazón vacío.

El amor propio se siente en la cabeza.

Y todo el que se ama mucho, ama muy poco a los demás.

Pero esto pertenece ya al párrafo de sentimientos y propiedades.

IV

La mujer hermosa, destinada por Dios para la fisiología, no tiene otro valor que el de su simple apariencia.

Cáscara.

No busquéis reflexión en su cabeza.

No busquéis sentimientos en su corazón.

La hermosa que los tenga no sabe ser hermosa.

Hermosa es sinónimo de coqueta.

Coqueta es una cosa como demonio.

Una cabeza hueca, un corazón frío: he aquí todo.

Ni nunca ha meditado en nada, ni ha dado cabida a ninguna emoción.

Su hermosura la ha ocupado siempre.

¿Cómo queréis que piense en el mendigo que la implora, ni en el sabio que la saluda, ni en el virtuoso, que la visita, una mujer que está embebida en las siguientes reflexiones?

Me morderé los labios, por si han palidecido.

¡Si llevaré el mantón derecho!

Me reiré para que luzcan mis dientes.

Alzaré las manos para que no se carguen de sangre.

Arrugaré el entrecejo.

¡No estará de más enseñar la punta de la bota.

¡Dichoso charco! ¡Luciré el bordado de las enaguas!

¡Si pudiera ruborizarme!...

Bajaré los ojos un poquito...

Ahora se me están marcando los dos hoyuelos de mis mejillas...

Por consiguiente, oye y no escucha; se la habla y no atiende; se la quiere conmover y está pensando en otra cosa.

Va a la iglesia y no ve a Dios: no la ocurre meditar en él. ¡Está tan preocupada! ¿Quién será el que ha entrado? ¡Se oyen unos tacones!... ¿Si será?... ¡Qué bien estaré con el velo echado!

Es una mala hija. Cree que honra a sus padres con su hermosura. «Soy el orgullo de ellos, dice. ¡Me aman! Preciso... ¡A una hija tan hermosa?

Es egoísta: donde ella esté no ha de brillar nadie. Va al liceo; lee un mucha-
cho una poesía; entre tanto nadie la mira a ella... «¡Qué tonto! ¡qué fastidioso!»
Oye aplaudir... Entonces dice: «¡Qué bien!» Y quiere que el entusiasmo la
embellezca... ¡a ella, que no conoce otro entusiasmo que el de su figura!

¡Y a estas mujeres se las adora!

A propósito: suponed que la veis; que os fascina; que os volvéis loco por
ella; que os ha embriagado con su automática sonrisa; que os ha abrasado con
su ojeada más académica...

¡Desventurados!

¡Aunque derraméis vuestro corazón a sus pies con sangre, lágrimas, sacri-
ficios, abnegaciones y juramentos, no lograréis nada!

Ella cree merecerse mucho más.

En prueba de esto, voy a improvisaros un drama en tres actos.

Acto primero

Escena I
Luis, Emilia

Luis   Emilia, os amo.

Emilia   (¡Lástima fuera que no me amase!)

Luis   Emilia, muero por vos.

Emilia   (¡Seré bonita!)

Luis   Emilia, miradme, por piedad.

Emilia   (Le mira con ternura.) (Luciré mis hermosos ojos.)

Luis   ¿Luego, me amáis? Emilia, respondedme...

Emilia	(Queda pensativa.) (Yo necesito un carruaje; si me casara con un hombre rico lo tendría... Éste no podrá costeármelo...)
Luis	¿Qué me decís?
Emilia	(Sonriéndose.) ¿Sabéis bailar la redowa?
Luis	¿No tenéis corazón?
Emilia	¡Jesús, qué romántico! Vaya, déjese usted de escenas sentimentales... ¡Bonitos tengo yo los nervios!
Luis	(Levantándose.) No volveré a ver a usted, señorita.
Emilia	Lo sentiré mucho.
Luis	¿Queréis que vuelva?
Emilia	Sí. ¿No he de querer?
Luis	Pero... ¿ni una esperanza?
Emilia	Seamos amigos. (Le tiende la mano.)
Luis	¡Pero sois tan hermosa!...
Emilia	(Le mira, le sonríe.) ¡Lisonjero!
Luis	¿Me amaréis?
Emilia	Veremos. (Luis palidece de felicidad.)

Escena II
Emilia, Luis, Jaime

(Entra Jaime, que puede costear el carruaje; Emilia no mira a Luis; baila con el otro.)

Luis   (A Jaime.), ¡Caballero, me quiero romper la crisma con usted! ime estorba usted en el mundo! ¡Yo amo a esa mujer que ha bailad con usted! ¡iy tengo celos!!

(Cae el telón.)

Acto segundo

Escena I
Emilia, Juana

Juana   (Entra corriendo.) Señorita... señorita... se han batido... Le ha roto un brazo.

Emilia   ¡Por mí! ¡Qué lástima! (¡iiSeré- bonita!!!...)

Luis   Emilia... estoy desesperado: he vertido mi sangre por usted... ¡Perdería la vida!

Emilia   (¡Pobrecillo! ¿qué querrá de mí? Yo quisiera amarle como él me ama... ¡Pero ponerme yo tan triste!... ¡No pensar más que en un hombre!... ¡Esclavizar mi voluntad!... ¡Nunca!)

Luis   ¿Qué me decís?

Emilia   Que os doy las gracias por el interés...

Luis   ¿Nada más? ¡Hace dos días no os he visto! Me devora la fiebre... Este brazo me duele de un modo horrible... Pero soy feliz a vuestro lado... ¡Ah! ¡Una palabra de consuelo! ¿Me amáis?

Emilia	Me es imposible: me caso esta primavera con don Jaime.
Luis	(Huye como Edipo.)

Acto tercero

Escena I
Emilia, Juana.

Juana	¡Señora! ¡Ama mía!... ¡Jesús! ¡Se ha suicidado! ¡Pobre don Luis! ¡Y ha sido por usted!...
Emilia	Por mí... ¡Dios santo!... ¡Desgraciado! (Pausa larga.) (¡¡Seré bonita!!...)

Fin del drama

V

Fuera cuento de nunca acabar
Resumiremos y concluiremos.

La estúpida hermosura que hemos descrito; esa hermosura que no ha de confundirse con la de otras mujeres, quizás más bellas, y que no obstante prefieren las dotes de su alma a las de su cuerpo; esa hermosura estéril, dura, infernal que dejamos bosquejada, es un gran problema de alto significado.

El desenfrenado amor propio de la coqueta no pasa de ser una idolatría.

Idolatría terrenal, fecunda en horrores.

Hay algo del positivismo cruel de nuestra época.

El alma está empapada en la soberbia mundanal que tanto seca los sentimientos infinitos.

Hay una cosa peor que ateísmo práctico en esa mujer, y es el indiferentismo.

En vano buscaréis un camino que vaya a parar a su corazón.

Acaso la lisonja... pero éste es un pasajero instante. Después queda más insensible.

Aborrece a todo el que la ama. Ama a todo el que la aborrece.

Adoraría al que la pudiese hacer más bella, o conservarle su hermosura.

Ansía las grandes capitales; en las aldeas quiere estar un día.

No desperdicia un elogio. El jornalero haraposo que la diga un requiebro, esté seguro de que se lo agradece, de que lo absorbe su orgullo, de que lo traga su vanidad.

¡Rara existencia!

¡Vivir como la muestra de una fonda! ¡Vivir en exposición pública! ¡Vivir de la piel para afuera! ¡Pensar con el exterior!

Luego... es decir, muy pronto... vienen los años..

Algunas desechan la monomanía.

Otras mueren con ella.

De cualquier modo, desde que dejan de ser hermosas no pertenecen a esta fisiología.

¡Pobre fea! Tú eres fea desde la cuna al sepulcro.

La hermosa lo conoce todo los esplendores del día y las tinieblas de la noche.

¿Qué Pensará de sí misma una vieja que haya sido hermosa y coqueta, cuando recuerde su aventura?

Preguntádselo y os contestará:

—¡Dichosa edad! Entonces no se piensa en nada.

No dirá esto una vieja que haya sido fea.

«¡¡No se piensa en nada!!»...

He aquí el retrato de la hermosa hecho por ella misma.

Verdades de paño pardo

> «...ese... ¡que reviente!»
> Victor Hugo. Napoleón el pequeño.

I Málaga

Tiene usted mucha razón, querido Salvador: soy un indolente, y nuestra enciclopedia reclama más de un desvelo mío.

Voy, pues, a satisfacer en este mismo instante mi deber y su demanda escribiendo...

Yo no sé qué cosa.

Juro a usted que no me siento inspirado, que me hallo en uno de esos momentos de indiferencia glacial, en que nada parece injusto ni justo, bueno, ni malo, y que no encuentro en mi corazón ninguna tendencia que proponer a los torpes rasgos de mi pluma.

¿Qué hacer? ¡Ah!

He aquí que el honrado artesano amigo y «hermano» mío, que me ha prestado su escritorio para hacer este artículo entra de pronto quejándose de los apuros en que el Gobierno ha puesto a más de cuatro hijos del trabajo con el célebre anticipo de un semestre de contribución.

¡Ya estoy inspirado!

¿Cómo no estarlo?

Acabo de acordarme de una aventurilla —creo haberla contado a usted en cierta inolvidable sobremesa— y voy a relatarla a continuación, a fin de que entregue esta carta a nuestro buen Zamora, quien la dará a los cajistas, que la pasarán al ECO, y hemos salido del paso.

El asunto será trivial, pero intencionado.

Las circunstancias actuales hacen intencionadas todas las verdades.

Por lo demás, es histórico.

Y esto va haciéndose ya de mucho mérito.

Atención, como decía la difunta «Catalineta».

Sabrá usted, mi querido Pepe, que exceptuando los globos aerostáticos y el ataúd, he tenido la buena o mala fortuna de viajar en todos los géneros de locomotores y locomotrices que se conocen... en Europa.

Iba a decir «en el mundo»; pero he reflexionado que aún no he ido en andas como los chinos...

Y digo «aún», no porque entre en mis proyectos ir a la China, sino porque aún puedo ser santo y ser llevado en procesión.

Ni tampoco he caminado en la joroba de un camello, como los árabes, o en el lomo de un elefante, como los egipcios.

Pero, en cambio, he navegado en barcos de vela, de vapor y de remo; he ido por ferrocarriles, en diligencia, en posta, en coche, a caballo, en galera, calesa y carro de bueyes, en mulas, y finalmente, en asnos.

También he paseado entre estos últimos; pero, no lo creo una rareza.

Además he andado y nadado; me falta volar, lo que según creo lograré muy pronto, si los gobiernos permiten —que no lo permitirán— la aplicación del aparato de Mr. Baurince.

Advierto a usted, querido Salvador, que estoy entreteniendo el tiempo con toda intención; porque el lance que voy a referir es muy breve, y quiero rellenar de fárrago hasta diez cuartillas para que hagan cuatro columnas de impresión.

Esta maña la he aprendido en nuestros prosistas clásicos y en las novelas de Dumas; usted sabe muy bien que mi ordinario estilo es lacónico, conciso, crudo, y...

Pero vuelvo a mi aventura.

Viajaba yo una vez sobre un asno.

Era no sé qué primavera.

Había anochecido.

Me encontraba en uno de esos llanos tan frecuentes en Andalucía, y que por lo estériles y melancólicos vienen a ser unas «manchas» en miniatura.

Me quedaba una legua que andar para dar cima a mi jornada.

Empezó a relampaguear a lo lejos, tronó después, y al poco tiempo descargó sobre mí una tormenta espantosa.

Velose la Luna; el camino se puso como boca de lobo, y yo me vi precisado a confiar a mi cabalgadura el cuidado de saber por dónde íbamos.

«Pero el burro se asustó y no juzgó prudente seguir adelante.

La tempestad arreciaba extraordinariamente.

Lo confieso, señor poeta: al verme solo, perdido, sin luz, sin norte, calado, hambriento; rendido y con la perspectiva de toda una noche semejante principié a apurarme un poco, ni más ni menos que ahora se apura el artesano en cuestión por la causa que llevo dicha.

En tal perplejidad pasaron dos horas.

Quizás pasaría menos tiempo; pero a mí me parecían eternidades los minutos.

De pronto —aquí voy a parecer una bruja contando un cuento— vi a lo lejos una luz...

¡Qué hermosa es una luz vista en aquella situación!

Enseguida puse hacia ella la proa de mi borrico, y empezamos él a vogar con las patas, y yo a remar con los pies. Son sinónimos.

Mas como, a pesar de mis esfuerzos, el burro quedase con mucha frecuencia «al pairo» —escribo en un puerto de mar— me vi precisado a saltar a tierra, es decir, a agua; y cogiéndolo del lo que —vulgo bozal— lo llevé a remolque por aquel archipiélago de charcos (esto es exacto, al revés) —con el agua hasta los tobillos, como el micromegas de Voltaire, cuando cruzaba el Atlántico.

Tras luengos afanes, que omito, porque veo que torno a enredarme con la «fabla» de nuestros antepasados, lo que es un poco turbio, conseguí atracar a cuatro pasos de la luz, en las ruinas de un...

Se lleva usted chasco, si cree que aquí va a tomar mi carta un giro romántico. Aquellas ruinas no eran las de un castillo, como las hallaban a cada paso los héroes de Walter Scott, ni tampoco de un convento... —aunque esto no es menester decirlo— pues ya sabemos todos que los conventos se están reedificando, para honra y gloria de Dios y bien de nuestras, almas.

Aquellas ruinas eran los escombros de un ventorrillo, abandonado por los venteros y habitado, sin duda, por otros pobres más pobres.

Sobre la obra antigua, esto es, sobre una derrumbada miseria, se veía al fulgor de los relámpagos otra miseria mayor: al techo de zarzos y tejas había sucedido el cobertizo de retamas; la chimenea se había suprimido; una estera servía de puerta.

Allí venía de molde aquella décima, cuya conclusión dice:

Que iba otro sabio cogiendo

las hojas que él arrojó

Até el borrico a una piedra y...

—¡Ave María purísima! —exclamé levantando la estera de la entrada.

—¿Quién es? —respondieron dos o tres voces.

II Entré

Voy a pintarle a usted el cuadro que recorrí con la vista, mientras que una mujer acallaba a un perrillo que ladraba a lo lejos como un enemigo cobarde.

Figúrese usted una especie de tienda, choza o manida ahumada, sin más muebles que unos platos de barro empinados en un rincón, una poca de paja —lecho general— esparcida en otro, tres o cuatro troncos por asiento, una olla colocada ante el bien nutrido hogar, un cántaro desportillado y una patizamba mesa.

En torno al hogar había cinco personas.

Una vieja centenaria, que hilaba, único movimiento del arrugado cartílago que constituía su cuerpo, liado en una manta hecha jirones.

¡Ah!, los pobres viven mucho.

Una mujer de edad indefinible —los años de los pobres dejan huellas insondables— la cual mondaba patatas.

Esta mujer, enredada en un dédalo de harapos y remiendos.

Un chico de tres o cuatro años, desnudo enteramente, que se comía las cáscaras de las patatas antes de que cayeran al suelo.

Un hombre de cuarenta o cincuenta años, malamente vestida, atado, sucio, barbado, hosco, medio salvaje.

Y, por último, una niña de quince o diez y seis años, limpia, bella, acurrucada tímidamente, envuelta en una saya guiñaposa, despeinada —no tenían peine— y... ¡oh, Dios! ¡sin camisa!

Entonces vi colgado de una cuerda, que hacía triángulo con el rincón alcoba, un trapo blanco recién lavado.

La pobre virgen procuraba ocultar sus hombros, con un roto pañolillo, mientras resguardaba el seno con las rodillas, apoyando en ellas la barba; pero su brazo descubierto, su costado desnudo, las correctas formas de su pecho de adolescente.

¡Oh! ¡aparté la vista!, ¡nunca el instinto del pudor fue más elocuente en mi alma!

Al entrar yo, dejó la vieja de hilar y clavó en mí su mirada de hielo.

Así, inmóvil, parecía un esqueleto.

La mujer dejó su tarea y atizó la lumbre.

El niño cogió una patata en vez de una cáscara.

El hombre se levantó.

La doncella se puso más bermeja que las brasas del hogar, y toda turbada descubría cada vez más su desnudez al procurar velarla.

Dice Soto de Roxas: y allá va una octava modelo, hecha por un canónigo:

> Celar quiere con brazos enlazados
> tiernos globos de nieve recogida;
> pero oprimidos brillan por los lados
> rayos de plata natural bruñida:
> los candores con ampos embozados,
> suavidad en dulzores escondida,
> cuanto avariento pecho al joven niega,
> pródiga espalda al apetito entrega.

—Buenas noches —dije cuando el perro cobarde, que ladraba a los lejos, calló al ver que no me espantaba la fuerza de su pulmón y que iba derecho a él, con ánimo tranquilo.

(No os extrañe, lectores, que me fije tanto en los ladridos de un miserable perro, que ni sabe morder como una fiera, ni ser huésped generoso de un hombre azotado por la tempestad: yo os ofrezco poner algún día en música esos ¡«gua»! ¡«gua»!, y entonces comprenderéis toda la onomatopeya y filosofía que envuelve un «gua» dicho en medio de una retreta. Con este objeto, he empezado ya a dar lecciones de «solfa».)

—Que Dios bendiga a usted, buen caballero —respondió aquella familia honrada.

El perro gruñó de verme tan bien recibido por tus amos.

Él contaba con que su ladridos habrían torcido en mi daño la voluntad de aquellas buenas gentes.

Sin conocer el pobre can (bien que los canes calzan poco entendimiento) que nadie hace caso de un ladrido enconado, lanzado impunemente desde un rincón.

Y hasta de perro; pues por más que Byron pusiese sobre el sepulcro de un lebrel: «Aquí yace mi mejor amigo», supongo que mis queridos suscritores se irán cansando de mi manía perruna.

—Con licencia de ustedes —repuse— voy a enjugarme un rato mientras cede la tormenta.

—¡Vaya!, sí, señor; acérquese usted —me contestaron—; y al cabo de un momento formaba yo parte de aquel extraño grupo.

Tocáronse varias conversaciones indiferentes, de las que resultó: que la anciana era madre de aquel hombre, la mujer su esposa y los niños sus hijos.

—¿Tienen ustedes más familia? —pregunté.

—Sí —respondió el padre—, tengo otro muchacho de once años que salió esta tarde para X, que dista una legua y no volverá hasta mañana. Le he mandado a una cosa, en que quizás su merced podrá servirme.

—Con mucho gusto lo haría: veamos lo que es.

—Pues, señor, sabrá usted que...

III

Desde que escribí el principio del artículo anterior, hasta hoy, 26 de julio, que tomo la pluma para continuarlo, han trascurrido muchos días y han sucedido muchas cosas. En primer lugar, ya no estoy en Málaga, sino en Granada.

En segundo lugar, la faz de España... no diré que ha cambiado, sino que, lo que viene a ser lo mismo, ha empezado a gesticular; hemos tenido gritos, sangre y cantos populares; la hora solemne de nuestra crisis social ha sonado en el reloj de las revoluciones, y el porvenir se dibuja a lo lejos a grandes rasgos incoherentes y sublimes como un sueño de poeta, como una profética iluminación, como una creación trazada en el caos por ese dios que se llama pueblo.

Deja, pues, este artículo de ser una osadía; pero su concepción lo fue: ¡cómo mudan los tiempos!

Vuelve a hablar mi huésped.

—Esta casa no es mía —continuó el hombre del pueblo con melancólica entonación.

—¿Esta casa? —repuse yo, derramando una mirada en torno mío.

Y una dolorosa burla me oprimió el corazón.

—¿De quién es, pues, esta casa? —proseguí.

—Del Ayuntamiento... es decir, esto es realengo, porque los venteros que hace cincuenta años abandonaron estos escombros, se han muerto y no han dejado herederos: de modo que yo paso por el dueño; pero tengo que pagar un censo por el solar a los propios de ••• y la contribución territorial al Gobierno. Además, pago el consumo... caballero... ¡esto da risa! Pagar el consumo y no desayunarnos algunos días. También me cobraron subsidio el año pasado porque compré una cuartilla de aguardiente para que mi mujer la revendiera a los pasajeros y ganar así un cuarto o dos diarios; pero vi que el subsidio me costaba más que el lucro, y tuve que quitar el ramo... ¡Gracias a Dios que no ha ocurrido todavía al Rey pedirme otra contribución porque corte leña!...

—A todo esto —interrumpí yo—, no me dice usted en qué puedo servirle.

—Es verdad... allá voy. El año pasado pagué, además del real de censo por esta choza, doce reales de contribución, que hacen tres reales cada trimestre, y diez reales de consumo, que son veintiún cuarto de tres en tres meses, que compone todo cinco reales y medio cuatro veces al año, además del real del censo: es decir, que con cuatro cargas de leña salía del paso... Ya sabíamos que el día del pago no se comía casi nada... pero, un día, de tanto en tanto tiempo, cualquiera lo pasa mal... Este año es otra cosa. Las contribuciones han subido: me piden diez y seis reales de consumo y veinte de territorial; esta última, aumentada, sin duda, porque he puesto las retamas en el techo y la choza está más decente con mi trabajo... En cuanto a exigirme más consumo, no sé por qué ha sido, pues este año comeremos menos que el pasado... De cualquier modo, cada trimestre me cuesta este año nueve reales... ¡Nueve reales, señorito! Ni con quemado pago. Dos días de trabajo enteros y verdaderos... ¿con qué nos alimentamos esos días? Mire usted esas criaturas desnudas... ¡Oh!, hace una semana que cumplió el plazo y ya he recibido cuatro recados... ¡me amenazan con embargarme! ¿Y qué me van a embargar? En fin, esta mañana he mandado a mi Juan a ••• para que le suplique al alcalde que me rebaje alguna cosa, pues lo que es nueve reales me es imposible pagarlos.

Como su merced dice que va al pueblo y conocerá allí a todo el mundo... quisiera que hiciese también en este asunto todo lo que pudiese.

Lectores: ¿No es verdad que no necesito tornarme el trabajo de deciros lo que pensé durante el anterior parlamento de mi huésped? ¿No es verdad que adivináis las mil emociones las mil ideas, los mil sarcasmos que se apoderarían de mí?

Quedé abismado en mis reflexiones, sin contestar al leñador.

—Y cuando pienso —prosiguió éste— que lo mismo tengo yo con que reine Juan o Pedro y que a mí el Gobierno no me sirve de nada...

—El Gobierno es necesario, amigo mío —repuse, queriendo consolarle de este modo.

—¿Para qué?

—Para velar por los intereses de la patria; para.. mantener el orden y hacer obedecer las leyes.

Yo no sé más leyes que las de mi corazón, ni tengo intereses que me cuide el Gobierno, ni nunca perturbo el orden. Yo no necesito a nadie más que a Dios y a mis brazos; nadie debía, pues, acordarse de mí.

—Hay hombres malos —respondí— que, sin respeto a la propiedad, le robarían a usted el pan, que lleva a la boca si el temor de la ley no les contuviese.

—¿Y no les daría lástima de hacerlo?

—No.

—¡Conque tan malos son los hombres!

No respondí.

El leñador prosiguió:

—Pero a lo menos que solo pagaran contribución los ricos, los que tienen que perder, los dichosos de la tierra, los hijos privilegiados de Dios...

—No son hijos privilegiados de Dios; el Evangelio dice que los pobres, los humildes, los afligidos son los predilectos del Señor.

—¡Bueno!, eso dice también el sermón del señor cura; pero yo veo que él procura ser rico y que no tiene nada de humilde ni de afligido... Si el señor cura cree que la pobreza es una dicha, que nos dé ejemplo de desprendimiento, de abnegación, y todas nuestras aflicciones serán llevaderas, porque tendremos una esperanza.

—¡Oh!, sí —pensé yo entonces—; la religión cristiana pura, cual la ideó Jesucristo, haría la felicidad del mundo.

—Además, señorito... yo hago también aquí, en mi cabeza, mis composiciones de lugar, y digo: el mundo da más comida diaria que la que pueden consumir todos los hombres y animales que hay en la tierra... Pues, señor, cuando, a una piara de marranos se le echa comida para todos, a medio celemín por cabeza, ninguno queda con hambre... Conque, ¿por qué hay hambre en el mundo? ¿Y por qué hay hombre que ha de tomar más de lo que puede comerse? Dios ha dicho «el pan nuestro de cada día», nada más. Pues ¿a qué viene esa agonía de atesorar? ¿Y para qué? Para morirse y dejarlo. ¡Vaya!, ¡vaya! Yo no me conformo con ciertas cosas. Si yo tuviera lo bastante para que mi familia comiera y vistiera, como Dios manda, y viera a un vecino mío en escasez, le daría todo lo que me sobrara. ¿Acaso no es él un hijo de Dios como yo, que se morirá y todo? Y si Dios le ha criado y ha criado las guindas, verbigracia, y le ha dado hambre de guindas, ¿Por qué ha de venir Fulano a decir: «No comas guindas: ese guindo es mío»? ¿Qué quiere decir «mío»? ¡Mío, mío! En el mundo no debe de haber tuyo ni mío, sino todo de todos, es decir, nada de nadie, todo de Dios.

Mi cabeza se partía al peso de mis ideas; era tanto lo que me ocurría que decir a aquel hombre; tal mi deseo de abrazarle; tan intensa mi conmoción, que me levanté bruscamente y me dirigí a la puerta.

—¿Se va usted? —me preguntaron, en coro.

Apenas podía hablar; pero sin dar tiempo para que se levantase nadie, saqué del bolsillo un Napoleón, quizá el único que tenía, pues no hay que olvidar que soy poeta, que vivo en España y que acaba de mediar el siglo XIX, y arrojando la moneda en medio de la choza, huí.

Huí. La tempestad había cesado Y la Luna campeaba por el cielo, plena y tranquila como el alma de un justo.

Rápidamente desaté mi borrico, le apliqué los talones y salí a escape.

Volví la cabeza y vi a toda la familia del leñador agrupada a la vera del camino, con las manos tendidas hacia mí, como si me bendijeran.

—¡Tome usted, caballero!

Este grito llegó hasta mí a pesar de la distancia.

Paré el burro.

—¡Compre usted una camisa a esa niña —exclamé con toda la violenta consecuente a la opresión que había anudado mí garganta.

Y, satisfecho y sin cuarto, continué mi camino.

Ahora me ocurre una idea.

Si tan grandes eran los apuros del trabajador para pagar un trimestre de contribución, ¿cuáles serían sus aprietos al oír la reclamación del semestre anticipado?

¡Cuestión profunda!

¡Ah!, se me olvidaba decir que cuando salí de la choza, temiéndole a la efusión de aquellas gentes, quiso el perro morderme el sitio donde otros hombres tienen las pantorrillas.

Leyenda sagrada

I El valle de las miserias

En la inmensidad de los espacios sin límites hay un pobre astro ciego.

Es una especie de roca solitaria, que voltea sin descanso por los cielos como una peregrina árabe arrebatada en el desierto por el vendaval.

Ese átomo del infinito, esa isla del océano etéreo, se llama hoy el «Valle de las miserias».

Breve es su historia.

Un día se cometió un horrendo crimen en los dominios de Dios.

Aquel mismo día llegó a esa roca una familia de proscritos.

Eran los criminales.

Venían condenados a perpetuo destierro.

Y los desterrados se multiplicaron sobre la faz de la tierra.

Y murieron ellos, y su descendencia vive todavía prisionera y desheredada, en expiación del crimen de sus padres.

Y su ostracismo dura desde la cuna al sepulcro.

Y después del sepulcro hallarán otro tribunal donde serán perdonados o condenados a un nuevo destierro.

¡Raza infeliz!

Tal es la historia del «Valle de las miserias».

Y llámase el «Valle de las miserias» porque la familia desterrada aportó a él, donde se han aclimatado horriblemente, unas plantas venenosas que crecen alrededor del árbol del pecado.

Y aportaron también unos monstruos que se han guarecido en los antros de la roca.

Las plantas se llaman crímenes y su fruto es el dolor.

Los monstruos se llaman pasiones y su fruto es la desesperación.

Y los crímenes y las pasiones, engendros son de la soberbia.

Y los cautivos tienen en la frente el sello de un fatal orgullo.

II La extranjera

Hoy hace 1854 años que llegó a ese destierro una matrona, una extranjera, una princesa hija del señor del valle.

Desde aquel día es ella el consuelo, el apoyo, el amparo, la protección, el refugio, la esperanza de los más tristes desterrados.

Acaso ya no la reconoceríais, porque está muy desfigurada... ¡Ya se ve! Vive en el «Valle de las miserias», y su contacto con los miserables ha manchado de lodo su clámide de blanco lino, y sombreado su rostro refulgente. Pero yo, que tengo en un libro su retrato de cuando era joven, la veo todos los días tan pura e inmaculada como estaba aquel en que se despidió de su Padre para irse a la roca a vivir con los cautivos.

¡Es muy hermosa!

Tiene la hermosura del alma.

Oíd.

Cuando un desterrado aborrece a otro y ansía su exterminio y cifra su dicha suprema en aniquilarlo, llégase la matrona al iracundo y le dice:

—¿Eres infeliz?

—Sí.

—Yo te haré dichoso...

—Pues líbrame de mi enemigo.

—Te libraré de él.

—¡Matémosle!

—No: vuélvele amor por odio; hazle el bien que para ti desees y perdónale sus ofensas: así te librarás de un enemigo y adquirirás tres amigos: Dios, él y tu conciencia.

Y el sentenciado iracundo perdona, y ya vuelve a ser feliz.

¡Oh!, la extranjera es una mujer extraña.

Su modo de curar es tan eficaz como nuevo.

Oíd.

—¿Por qué lloras?

—Porque soy castigado injustamente.

—¡Bienaventurado tú a los ojos de mi Padre! ¡Pídele más sufrimientos y acéptalos con resignación! ¡Tuyo será el reino de los cielos!

Va a una choza.

En ella vive la pobreza.

—¡Bienaventurados seáis, hijos míos! —exclama—: Dios os tiene reservado un tesoro infinito. ¡Merecedlo!

Va a un alcázar.

Allí vive el hastío entre la disipación y la soberbia.

—Aquel mendigo es tu hermano —le dice al opulento—; vende lo que tienes y dáselo. Tu orgullo es pequeñez a los ojos de mi Padre; la humildad es un inmenso trono que levanta al hombre hasta los cielos: humíllate y serás ensalzado.

—¿Por qué enjugas tu llanto? —continúa, dirigiéndose a un afligido—; llora, llora; mi Padre ta consolará; tus lágrimas caerán en la balanza del juicio postrer y pesarán en tu favor como montañas de hierro.

Esclavo, levanta la frente; a los ojos de Dios eres libre; mi Padre tiene para todos una misma ley. Si llevas con resignación esa cadena, si practicas la virtud, si eres humilde, yo te digo que esa cadena es mayor ornato para ti que el manto de los césares, y que llegará un día en que tú reines al lado del que siempre reinará, mientras el señor que te castigó será humillado a los pies de los elegidos.

—Mujer, álzate de tu abyección. No eres la esclava del hombre, sino su compañera. Vive a su lado, no a sus pies. Yo te identifico con tu esposo. Tú eres él y él eres tú: estás rehabilitada.

—Hombre, ama al hombre. De este amor nacerá la verdadera sociedad. Todos sois hijos de mi Padre. Todos sois iguales. Fuerte, no emplees tu fuerza en dominar al débil, sino en ayudarle. Rico, no emplees tu riqueza en esclavizar al pobre, sino en hacerle tu igual. Sed todos misericordiosos y alcanzaréis misericordia.

....

Así va la extranjera de puerta en puerta, socorriendo, ayudando, consolando, curando a los proscritos.

¡Bendita sea!

Su nombre es la «Religión cristiana».

De cómo Mahoma llegó a ser profeta

Dicen los musulmanes que tuvieron lugar muchos prodigios el día del nacimiento de Mahoma —5 de mayo del año 570 de nuestra era, según unos; 1.º de abril de 569, según otros, y fecha desconocida, según muchos.

Pasaremos por alto estos prodigios.

«Enimach» o «Ánima», diole a luz diez meses después de quedar viuda.

Esto no fuera hoy sobrenatural, y por eso lo anotamos.

Sin embargo, hay quien lo niega.

La genealogía paterna del futuro legislador era la siguiente:

Cosa, de la tribu de los Koreischidas, y por lo tanto, descendiente de Ismael, fue jefe de aquellas caravanas Árabes que entonces se llamaban sarracenos, hoy beduinos y en los buenos tiempos de Rama, «scenite», porque vivían en tiendas.

Cosa, pues, conquistador famoso, tuvo un hijo, cuyo nombre no sabemos.

Éste tuvo otro llamado Abd-al-Motalleb.

Abd-al-Motalleb procreó doce.

Y uno de ellos, Abdallah, fue padre de Mahoma.

Vino éste al mundo en la Meca, punto, entonces como ahora, aunque por otro concepto, de innumerables peregrinaciones.

A la edad de veinte años, y a pesar de su clara estirpe, nuestro héroe no era otra cosa que un conductor de asnos y camellos, vulgo «harriero», que por cuenta de su abuelo, y después de su tío, hacía frecuentes viajes con mercaderías a diferentes y remotos países.

Pocas ganancias le valían a Mahoma estas expediciones; pero en cambio proporcionaban, instrucción y reflexiones a su genio observador.

También se cree que hizo la guerra a las órdenes de ese mismo tío contra una tribu enemiga; pero estas campañas debieron durar poco tiempo, pues que no transcurrió mucho cuando se hallaba ya ocupado con las más arduas del amor.

Mas no del amor. Que se trataba de una viuda, tan rica de primaveras, como de sacos de oro, la cual necesitaba de un hombre listo y despejado que se encargase de sus negocios mercantiles, abandonados desde la muerte de su esposo.

Está demostrado que Mahoma era bilioso, muy enamorado y de simpática figura.

Los médicos han deducido lo primero, teniendo presentes la ambición, la energía y el disimulo que le constituyeron su vida.

Lo segundo es cálculo de aquellas señoras que han leído la descripción que del paraíso hace en su libro.

Hallamos lo tercero, en estas palabras del mejor de sus biógrafos:

«Estatura no muy alta, fisonomía espiritual, brillantes ojos, cierto aire de autoridad e insinuación, desinterés y modestia, etc., etc.»

Todas estas cualidades trastornaron el juicio a la viuda, y como los riquezas de ésta tenían ya trastornado el de Mahoma, aconteció que tres años después se casaron.

Chadysa o Khadidja, que tal era el nombre de aquella mujer, hizo al ex harriero una donación de todos sus bienes.

Mahoma se conformó con todos los años de la viuda; y la paz doméstica siguió inalterable hasta la muerte de Chadysa.

Pero aquel hombre, cuya anterior vida fuera tan agitada, tan inquieta, tan movilizada, digámoslo así, siempre viajando, observando y comprendiendo; aquel hombre joven, emprendedor, ambicioso, rico —y que no estaba enamorado de su mujer—, no quiso permanecer con los brazos cruzados, y para distraer su ocio concibió el siguiente proyecto.

Atención, señores: vais a saber cómo empezó a formularse esa religión que aún hoy da cuenta con más prosélitos que ninguna otra; y prosélitos fanáticos, que se dejarían matar antes de conceder que Mahoma no era el profeta de Dios. Vais a saber cómo un hombre, que apoya un pie en la elevada rueda de la fortuna y otro en cualquier concepción maravillosa, puede conseguir ese tan decantado imposible de hacer creer a su época cualquier patraña verdaderamente imposible.

Mahoma, ambicioso, quiso ser jefe de toda la Arabia, y conoció que la religión era el puente más seguro para pasar al otro lado de su ambición. A esta idea consagró toda su vida.

Su esposa, la respetable Chadysa, viole por mucho tiempo encerrado, meditabundo, atareado en misteriosos trabajos y sin más compañía que un jacobita llamado «Batyras», un monje nestoriano llamado «Sergio» y dos o tres sabios judíos, que tenían largas y secretas conferencias entre sí o con raros y empolvados pergaminos.

Nadie pudo penetrar lo que estos hombres proyectaban juntos.

Pasaron muchos años.

Mahoma llegó a los cincuenta de su edad.

Y he aquí que un día le ocurre hacerle creer a su esposa que es un profeta, que Dios le inspira y hasta le habla, y que tiene grandes revelaciones que hacer.

La pobre mujer se convence, se lo cuenta a sus vecinas, éstas a sus esposos, cunde el error a otras personas; los muchachos y las abuelas quedan con la boca abierta; él representa su papel a las mil maravillas; crecen los sectarios, y en menos de tres años es ya su predicación una verdadera secta.

En verdad que no podía ser de otro modo.

Mahoma, que era sin duda hombre de provecho, había abarcado con una sola y segura mirada el estado de la religión en la Arabia.

Vio en ella una multitud de hordas errantes, civilizadas en cierto modo, poseedoras hasta de una literatura y de algunas artes; pero diseminadas en mil sectas idólatras, tributando culto al fuego, a las estrellas, al Sol y a otros objetos materiales, cuyos beneficios inmediatos comprendían. Vio que los ritos, y en cierto modo la misma moral de estas creencias, se prestaban a mil modificaciones, que en nada alarmasen la superstición de los árabes y que solo pareciesen un mejoramiento, un resultado, un complemento de sus respectivos sentimientos religiosos. Vio, en fin, que una religión que las abarcase todas participase de sus formas, adquiriese unidad en la esencia, elevase el espíritu humano y diese una idea del verdadero Dios, sería escuchada y atendida en el Oriente.

Conocedor a fondo del cristianismo y del judaísmo; instruido prácticamente en sus viajes por Mesopotamia, Egipto y Palestina, y teóricamente en sus largos estudios y razonamientos con sus amigos, tanto en materias políticas como en administración, legislación y poesía; fisiólogo hábil, apreciador justo de las costumbres y carácter de los orientales, y sobre todo, hombre sin fe, que no vacilaba en adular a las pasiones materiales de los hombres con tal de lograr su objeto y extender su predicación, el hijo de Abdallah inventó una extraña religión, que merece ser leída, y se propuso inculcarla en el corazón de los sarracenos.

Para ello usó del engaño de su aptitud cómica, de su innata charlatanería, de falaces apariencias...

¿Y acaso hubiera conseguido de otro modo hacerse oír?

El hombre, ese eterno niño, necesita ser embaucado para aceptar el bien.

Porque un bien fue entonces la civilizadora y moralizadora religión de Mahoma, para aquella sociedad dispersa, dividida, nómada, llena de horrores y tinieblas, como hoy fuera un bien mayor que la religión, más civilizadora y moralizadora, del Evangelio, sustituyese en esos pueblos a la del Korán.

No sabemos cómo Mahoma se las compondría: es el caso que hacía milagros, sin cuyo auxilio no hubiera pasado de ser un Barkokebas. Padecía de unos ataques epilépticos, que él hacía pasar por los dolores del trípode, o por la presencia del espíritu divino que le inspiraba: volviendo en sí un día de estos accesos, dijo que el ángel Gabriel lo había conducido a Jerusalén en un asno, y que habiéndole mostrado allí todos los santos y patriarcas desde «Adán», le había vuelto a llevar a la Meca.

A pesar de la aceptación que lograba el falso profeta, no faltó quien le llamase visionario y suscitase contra él una conjuración tal, que se vio precisado a escapar de la Meca para refugiarse en Medina.

Este contratiempo fue la base de toda la popularidad de Mahoma.

Cualquiera que conozca el corazón humano sabe que en él tienen más influjo los accidentes que los hechos en sí.

Aquella huida, aquel escándalo, aquel papel de mártir tan bien representado; el entusiasmo inherente a una carrera precipitada, la compasión por otro lado, la novedad sobre todo, coadyuvaron a hacer en poco tiempo lo que hubiera requerido muchos años, o tal vez nunca se hubiera conseguido.

Pero se precipitó la acción, se exaltaron los ánimos, se dio ocasión de gritar a los descontentos, a las viejas, a los pobres y a los criminales; unos arrastraron a otros, éstos a muchos, y un copo de nieve desprendido del «Mont Blanc» sepultó una ciudad y obstruyó un lago porque no hubo un débil junco que le contuviese al principio.

Ésa es la lógica de las cosas humanas.

Y así debió comprenderlo el astuto Mahoma, fijando en esta huida —«Hégira»— la fundación de su religión, el principio de su era, el primero de sus años lunares.

Aquel día correspondía al 16 de julio del año 622 de los cristianos.

De aquí en adelante toma la vida de Mahoma más proporciones de las que nos permite esta enciclopedia.

Algún día nos ocuparemos separadamente del Korán.

Hoy creemos haber desempeñado una tarea oportuna, dando a Granada, hija del Profeta, algunas noticias sobre su padre.

Hombres y escenas

Una poesía inédita de Espronceda

I

¿Qué era lo que yo sentía cuando, sentado junto a la tumba de Espronceda, descansaba de las fatigas de Madrid, mientras el Sol se iba por el poniente?

> Sobre ella un sauce su ramaje inclina,
> sombra le presta en lánguido desmayo,
> y allá en la tarde, cuando el Sol declina,
> baña su tumba en paz su último rayo.

Y era la misma escena, el mismo cuadro que pintó con esos versos melancólicos en «El Estudiante de Salamanca».

Un día espirante, despidiéndose de la mansión de los finados; una losa fría, un corazón haciéndose polvo detrás de ella; un alma, ayer ebria de amor, desvanecida como un perfume que se evapora...

Y además... ¡yo que lloraba! Yo allí solo, en el campo, entre tantos sepulcros, abrumado de tristeza, con «El Diablo Mundo» en las manos, palpitante y vivo; con Espronceda a los pies, inanimado y muerto.

¡A mis pies estaba, muda su gran voz, helados sus huesos, apagadas sus ideas, quietas sus pasiones, borrados sus recuerdos, cumplidas sus esperanzas!

¡Espronceda! ¡La significación de esta palabra, objeto para mí de culto, venía a ser un puñado de polvo, un punto de sombra, un eco de olvido, un lúgubre cero tirado a la eternidad!

Y ¿envidiaba yo su vida o su muerte? ¡Quién sabe! ¿Acaso no era él ya más feliz que yo? ¿Acaso no estoy yo amargado por sus mismas inquietudes, herido y hecho ceniza por el mismo rayo, parado, como él, y muchos años antes que él en la senda de mi juventud, sin aliento para llegar a la cumbre de la vida?

¡Oh tardes melancólicas!, tardes de primavera, pasadas en aquella pacífica mansión, al fulgor del crepúsculo que se extinguía, a la sombra de aquellos cipreses... ¡nunca os borraréis de mi memoria!

Y cuando tornaba a Madrid, que se iluminaba de gas, como una sepultura brilla con el fósforo; a Madrid, que rugía cada vez más loco, según me internaba más en su laberinto; cuando volvía los ojos para dar el último adiós a la ciudad del sueño eterno, y luego entraba en la ciudad de las fugaces desventuras; cuando pensaba que en aquél infierno, en aquella inmensa orgía de carcajadas y lamentos, gozó y sufrió Espronceda, y que Espronceda, el Byron español, dormía tan Madrid, y que Madrid no se acordaba de esto, y que yo, que ansiaba la gloria, acabaría por ser, aun consiguiéndola, aquel mismo misterio de inacción y silencio que acababa de visitar; cuando meditaba, en fin, que, niño, débil; sin lozanía en el cuerpo ni en el alma, lleno el corazón de soledad y de dudas, estaba yo quizás en el borde de aquella no existencia tan descuidada... entonces comprendía los fatigados bostezos y sarcásticas risas del «Diablo Mundo»; entonces más que nunca lamentaba el haber nacido tan tarde y no haber conocido a Espronceda, para decirle: «Te comprendo y no hay remedio para tu alma, como no lo hay para la mía... ¡Riamos!».

II

Apenas puede concebirse que en España no se haya publicado ni una sola edición de todas las obras de Espronceda.

Espronceda, genio nato, superior a las reglas, verdadero creador, soberano de su arte, todo vida, todo fuego, todo inspiración, fue sembrando a su paso por este mundo las esplendentes flores de su fantasía, sin cuidarse de dónde las arrojaba, de si las recogería el porvenir o de si las ideas que las perfumaban no serían comprendidas, como extranjeras en su siglo y en su nación. Él tenía un alma expansiva; necesitaba espacio donde campear; cantaba, como la golondrina, en cualquier rama, y seguía indiferente su peregrinación.

De aquí esa multitud de improvisaciones brillantes, incorrectas, sublimes, fenomenales, súbitas, ininteligibles, borroneadas de su letra y mal copiadas después, naturalmente atormentadoras del habla castellana al par que modelos de elegantes dificultades; de aquí esos recuerdos sembrados, principalmente en Andalucía, en el seno de una familia, en las columnas de un periódico, en el corazón de un amigo, en el vértigo de una bacanal.

Otra patria más cariñosa para sus buenos hijos hubiera buscado, escudriñado, comprado a precios exorbitantes la más pequeña nota de un cantor como Espronceda, la más insignificante perla de su frente caída, la más oscura flor arrancada de su alma. Esto hizo Francia con Chénier; esto ha hecho Inglaterra con Byron, Alemania con Goethe, Italia con Fóscolo. Pero las más bellas poesías del amante de Teresa son ignoradas generalmente, andan dispersas ya en el diario que desgarra un expendedor de drogas, ya en adulterados manuscritos, ya en la memoria de los que le trataron. ¿Dónde está «El Templario»? ¿Dónde «El Dos de Mayo»? ¿Dónde sus versos a la niña Coronado? ¿Dónde el romance a Laura? ¿Dónde su «Oda a la traslación de las cenizas de Napoleón»? ¿Dónde ese canto de su agonía, que indudablemente es suyo?

Creo que en Francia se ha hecho otra edición española de las obras de Espronceda; pero tampoco puede estar completa, porque hay en Andalucía cien cantos perdidos, que penosamente los va copilando alguno que ama al primer genio que ha tenido España. ¡Oh!, preciso es decirlo todo: «El Diablo Mundo» no se ha traducido a ningún idioma extranjero Víctor Hugo desconocía el año pasado que había habido un hombre llamado Espronceda.

III

Ha llegado a nuestras manos un original suyo inédito, o al menos muy ignorado, y desconocido enteramente de nosotros y de todos los que le han visto. En lo que respecta a su autenticidad, bastará su simple lectura para justificarla a los ojos de cuantos conozcan el «Himno al Sol»; pero, sin embargo, creemos indispensable hacer ciertas observaciones.

El asunto es «A una ciega», a una hermosa ciega enamorada. La poesía es una rápida, brillante, tormentosa, volcánica improvisación; puñados de flores arrancados de su frente y tirados al ocaso, torrentes de harmonía desordenada, pinceladas augustas de vigoroso colorido, todo sin orden, sin meditación, sin método; pero de un pasmoso resultado.

Hay versos fatales, pensamientos oscuros, locuciones no admitidas, síncopas extravagantes, consonantes forzados... todo lo que se quiera; pero el vértigo y la precipitación dominan la obra: no discurren dos versos sin que salte de aquel caos una osada, gigantesca y soberana imagen; un concepto profundo, un hermoso consuelo, una ruda carcajada, una pintura majestuosa. Vese a Espronceda en todo: espléndido, desdeñoso, impávido, mirando al Sol, abarcando el universo de una sola ojeada, y la humanidad en un solo insulto... Espronceda sonoro, rico, audaz, melancólico, brillante, deslumbrador. Espronceda que con el mar en una mano y el Sol en otra, y las estrellas en su frente, y la tierra a sus plantas, y el viento en torno de sí, hace luchar los elementos, desencadena las tempestades, reproduce el vórtice primitivo de caos y confusión, y sin temblar de lo que hace, y sin perderse en tan lóbregas tinieblas, grita entonces con voz pujante, ya religiosa, ya descreída... «¡Dios!» «¡Dios!» Allí se ve, en fin, al poeta de «Jarifa», con su arrogancia, con su afán de otros mundos, con su odio a la sociedad, con su amor a la naturaleza, con su idolatría a la hermosura, con sus delirios irrealizables.

¡Oh!, si Espronceda, en vez de tirar el borrador de «La ciega», lo hubiera corregido; si donde nosotros hemos suprimido fragmentos de endecasílabos (lunares inadmisibles del que creaba o del que traducía el primer original) hubiera colocado él lo que nosotros no nos hemos atrevido a su plantar, entonces «La ciega», no lo dudamos, hubiera sido la composición más llena de fuego, entusiasmo y osadía que embelleciera el idioma de Cervantes.

Hasta aquí nuestra opinión.

En el número próximo insertaremos la poesía.

A una ciega
Improvisación

Sobre inmensa montaña de vapores
hay, hermosa, un gigante bienhechor,
que alumbra mundos y que inspira amores,
y pisa estrellas, de la luz señor.

Cíñele un cielo la encendida frente,   5
nubes le dan espléndido festín
y en él dormido entre fulgor candente
gózase Dios............................

Los campos dora al derramarse en oro,

oro del manto del excelso Dios,   10
y al inundar de aljofarado lloro
mar por la tierra dividido en dos.
   ¡El mar!, ¡el mar! Tendido sobre el mundo
cual faja movediza de cristal,
sube a los cielos, lánzase al profundo   15
o manso brilla como azul cendal.
   Y cuando mira de color sangriento
teñido el manto por el Sol cruel,
abre sus olas, sórbelo violento;
véngase así del enemigo aquel.   20
   Y cuando silba el huracán bravío,
tirando el guante de discordia atroz,
muge rabioso, acepta el desafío,
llama a sus ondas, álzase veloz.
   El espacio es palenque; ellos guerreros;   25
el orbe es concurrencia; Dios es juez;
suena el clarín, empuñan los aceros
y avanzan a alcanzar victoria y prez.
   No llores, hermosa mía,
porque no ves hora el día,   30
ni con sus olas de plata
el mar que el cielo retrata...
   No llores, no, mujer, ángel del cielo,
mientras pueda mi lira hacerse oír,
porque cubra tus ojos denso velo   35
de negra sombra...
   Yo sobre el mundo y sobre el mar y el viento,
sobre la tierra y sobre el cielo estoy,
mundos y cielos sin cesar invento,
porque hacia el mundo de los vates voy.   40
   ¿Quieres ver al fulgor de ardiente rayo
lucir el Sol, bramar la tempestad,
zumbar el trueno y florecer a mayo,

todo a un tiempo radiante de beldad?
    ¿O quieres ver en el dormido espacio,   45
solo, deidad, para servirte a ti,
de cristal, y de nácar un palacio
coronado de zafiros por mí?
    Todo a tus pies... Y en tanto, ¿qué te importan
esos seres que vagan en montón   50
entre el placer y entre el festín acortan
su torpe vida en torpe confusión?
    Hermosa ciega, con tu fiel poeta
ven en valle pacífico a habitar,
valle que el gozo y el dolor aquieta   55
donde puedes reír, puedes llorar.
    Yo te diré cuándo al salir la aurora
desarrolla en el campo su fulgor...
yo te diré cuándo la noche llora
lágrimas de tinieblas y de horror...   60
...
...

...

    Más descúbrese el velo de escarlata
que a tus ojos de amor tirano fue: 65
miras al Sol... el gozo te arrebata...
¡gracias, gracias, gran Dios!... ¡Mi amada va!
    ¿Me dices que estoy pálido? No, hermosa;
no te conturbe mi amarilla faz...
tus ojos... tú... la teñiréis de rosa,   70
color de vida, de ilusión y paz.
    ¿Llamas bello al jardín? Está bien... velo:
bello será; pero se olvida al fin...
si no está en él con tu hermosura el cielo,
si tú no estás ¡oh flor! en el jardín.   75

José de Espronceda

Granada a vista de búho

Janique quiescebant voces hominumque canunque,
lunaque nocturnos alta regebat equos.
(Ovidio)

Detengámonos aquí.

Contemplemos ahora el cuadro sombrío de esa ciudad, de esos campos, de ese cielo que envuelve la noche en su manto de tinieblas.

Ya debe ser muy tarde... ¡Qué silencio! ¡Qué soledad!... El mundo yace en la quietud de los cementerios.

¡Muy triste, está la noche, amigo mío!

¡Cuántas nubes hay en la atmósfera, empujadas por la brisa del invierno! Mira como corren, y se empujan, y se deshacen... Las generaciones pasan de ese modo por la inmensidad del tiempo.

Ve ahí, muy lejos, las hogueras que encienden los pastores sobre la enlutada mole de las sierras...

Clava tus ojos en esos astros a donde no llega esa venda de vapores que rodea la tierra, astro ciego y perdido.

Mira a la Luna... ¡Qué afanada voga sobre esa misma tempestad que quisiera sepultarla!... ¡Y qué tristeza vierte su luz amarilla sobre los alcázares de azabache que apenas se columbran entre las sombras! ¡Qué lúgubres perfiles se destacan así en el firmamento como en las lontananzas de aquellos montes! Esta noche la Luna parece una lámpara olvidada entre unos sepulcros.

Y aquí a nuestros pies, Granada... ¡qué horrible sosiego! Ni un rumor, ni un gemido, ¡parece muerta!

Solo el monótono murmullo de los ríos turba tan solemne reposo. Los ríos son un emblema del tiempo. También las horas están pasando sobre Granada dormida. Todos esos miles de seres que se encierran en la gran colmena de la ciudad caminan en este instante con uniforme movimiento, cerrados los ojos, aletargados por el sueño, sin apercibirse de que andan... ¡pero andan!

¿Y a dónde van? A la muerte.

¡Atroz sonambulismo! ¡Morir durmiendo! El septuagenario que baja al sepulcro, ha dormido treinta años. ¡Y estos treinta años también se llaman vida! ¡Ah! ¿Quién sabe si los otros cuarenta de vigilia no son otro sueño? ¿No nos lo ha dicho Calderón?

Y sin embargo, no todos dormirán en ese hormiguero: medita, amigo mío, en las mil escenas que cobijarán esos techos.

Sigue, guiado por el moribundo resplandor de los faroles que aún alumbran a ese féretro espantoso, sigue con la vista el enredo de ese laberinto de calles, de plazas, de paseos, de templos, de palacios, de arrabales asquerosos, y pídele a las sombras sus misterios, a la noche sus arcanos.

En este momento ¡cuántos se hallarán en la agonía! ¡cuántos lanzarán el primer suspiro! ¿Quién sabe si las almas que ya huyen de este mundo tropezarán bajo esas nubes con las almas nuevas que bajan a él?

¡Mortales, sed bien venidos a esta vida!

¡Vivientes, buen viaje para la otra!

¡Ah!, ¿no te parece que esos tejados se agitan, como en «El Diablo Cojuelo», y se levantan, y nos dejan ver cien cuadros diferentes?

Mira... mira allí aquel sabio inclinado sobre un libro, rodeado de otros cincuenta, sepultado entre otros mil... ¿Qué busca? La ciencia: ¡una conjetura!

¿Por qué se agita aquel otro hombre en su lecho? ¿Por qué el insomnio le ha cogido de los cabellos y le da tan violentas sacudidas que no le deja dormir? Aquel hombre medita un crimen... ¡Oh! la vista de mi alma quisiera pesar sobre su corazón... ¡Dios! tu mirada escudriñadora no le pierde de vista... ¡El criminal no está solo! Le rodeamos Tú, yo y su conciencia. Tú que le juzgarás yo que le maldigo, donde quiera que esté, sea quien fuera, y su conciencia, con la cual lucha a brazo partido.

¿A dónde va aquella hermosa mujer, que abandona su lecho y se desliza como una sombra, tocando las paredes de una escalera?... ¡Una cita de amores!... Vedlos ya: la juventud tiende a sus pies una primaveral alfombra.. ¡Es un sueño! Creen cuanto dicen: cuentan con su corazón... Mañana vendrá el olvido, vendrán los celos, o el odio cruel hastío; o los años, las realidades y el dinero, esas capas de hielo que petrifican tantas ilusiones... Y luego la vejez... ¡y luego la muerte!... ¡Soñad, soñemos! ¡Ay! esos instantes en que una mano tiembla en otra mano, y unos ojos abrasan a otros ojos, y unos labios tartamudean besos y juramentos sobre otros labios sedientos de amor, comprenden una quimérica eternidad. ¡Gocemos! Vitae summa brevis spem nos vetat inchoare longam.

Y si no, repara en aquel avaro que cuenta y limpia su oro en aquel zaquizamí... ¿No ves a la muerte asomada por cima de su hombro, haciendo una mueca horrible y contando las horas que aún tiene que esperar? Atesora, viejo, esos pedazos de metal, y prodiga tus horas de privaciones... ¡Bienaventurados tus nietos!

¿Por qué se sonríe aquella mujer debajo de las sábanas que la encubren? ¡Ah! Ya la conozco: esta noche ha sido aplaudida... Espronceda no describió la gloria «coetánea» en «El Diablo Mundo». ¿Será otra tontería como la gloria póstuma?

Allí hay un joven que escribe... Está haciendo versos... ¡maldición! ¡El desgraciado cuenta las silabas con los dedos!

Negra y gigante veo allí la Catedral: está muda y sola. Por sus altas vidrieras se escapa un moribundo rayo de luz: es la lámpara que arde en el santuario. Esa luz no morirá nunca, porque el género humano necesita la esperanza.

Allí otra mole colosal... Es el teatro... ¡es el teatro!

La Alhambra enfrente de nosotros... Generalife blanquea en aquel pliegue de esa cordillera de maravillas... ¡Pobres nidos abandonados por las garzas del oriente!

La noche avanza.

¡Ya duermen todos los que velaban hace poco! ¿No te parece ver sobre esas setenta mil imaginaciones beodas, que trabajan en las tinieblas, una cohorte de sueños desprendidos de las nubes y batiendo sus grandes alas sobre la capital aletargada?

¡Cuánto monstruo de negro plumaje! ¡Cuánta sangrienta pesadilla, cuánta nacarada ilusión, cuánto dulce genio coronado de adormideras. cuánta visión de deleite, cuánta sombra de ambición, cuántos ángeles y cuántos demonios acurrucados sobre las almohadas de los que reposan!

¡Las dos!

¡Las dos en Granada! Ahora está amaneciendo en el teatro de la guerra: son las seis en la Valaquia. ¿Se levantará en este momento el Sol que ilumina una batalla y tras esa batalla la libertad de Europa? ¡Negro destino! ¡La sangre ha de ser el precio del porvenir de las naciones!

71

¡Las dos en Granada! Ahora anochece en medio del océano; ahora se pone el Sol en América; mientras hemos estado hablando, el Sol ha pasado por debajo de nosotros: ahora no hay Sol en el norte: ahora no hay Luna en el mediodía. ¡Y el Sol que esperamos, alumbró los bellos días de Grecia, y los fabulosos de la India primitiva, y fue esperado por César lo mismo que por Napoleón, y ha brillado siempre, y brillará mañana sobre las frentes que aún no han salido del caos!

¡Las dos en Granada! De hoy en un día, de hoy en un año, de hoy en un siglo, darán también las dos. ¿Dónde estarán esos ministerios, esos conquistadores, esos sabios, esos reyes, esos mendigos? ¿Dónde estaremos tú y yo? ¿Dónde todo lo que amamos?

Perseguimos la dicha y la dicha es la muerte vestida de máscara: la muerte que se ciñe la clámide verde de la esperanza. Corremos tras ella porque va cubierta con el antifaz de las ilusiones. Un día se deja coger, se quita la careta y nos enseña una calavera de polvo.

¡Duerme, Granada! La noche es el entreacto de la comedia de la Vida. Cada Sol descorre un telón nuevo: llega la escena final; la muerte termina la función y los cómicos se quitan los oropeles.

El mundo nuevo

El asno muerto.
(Título de una obra de Julio Janin)

En nuestro mundo real y positivo hay algo más asqueroso y repugnante que la «Corte de los Milagros», repugnante y asqueroso cuadro que encontró en el mundo de su imaginación el autor de «Nôtre Dame de París».

Todos han visto bosquejarse en la sombra, bajo la pluma férrea de Víctor Hugo, aquel siniestro «sábado» formado con los desperdicios de la sociedad, con las inmundicias del género humano, con el sobrante nauseabundo que el mar de la vida y de la civilización arroja incesantemente a la playa de los barrios, sin lograr por eso transparencia. En aquella gran novela, novela que es una historia y un poema, al par que la más acabada obra del romanticismo, ofrece al lector, en el capítulo mencionado, el espectáculo más horrible, la orgía más desaforada, la más grande simbolización de la deformidad, la apoteosis, en fin de «lo feo», de ese negro numen a que rinde Hugo sus adoraciones.

Creyéramos exagerada aquella hedionda pintura, a no haber encontrado, como hemos dicho, en la realidad de nuestro mundo, un lodazal más infecto, más corrompido, más grangeado, más desarrapado, más abyecto, más miserable, más fétido, más mefítico, más... más... —¡Voto al Diccionario de la Lengua y a la lengua de los hombres!— ¡Más... todo lo que queráis!

Hablamos del «Mundo Nuevo» de Málaga.

El «Mundo Nuevo» de Málaga no es más que una cuesta de dos mil pies, retorcida sobre una loma por donde se sube desde la elegante plaza de la «Merced», o sea de «Riego» (los malagueños la dan el primer nombre, lo que es muy patriótico) a la «Coracha», primera avanzada del severo castillo de Gibralfaro.

A cada lado de la citada cuesta se enlaza torpemente una mellada hilera de casucas negras, irregulares, incoherentes, angulosas, grotescas, sucias, chatas, pobres, feas, desgarbadas, desconchadas, desvencijadas. Estas casucas tienen puertas cojas, ventanas lisiadas, vidrios entablillados, portales ahumados, milagrosas imágenes colgadas de las paredes, cortinas asquerosas...

(¡lujo de mortaja!), mesas tullidas, un desagradable vidriado y algún que otro retratillo adornado con cintas de colores.

¡Qué extravagancia!, ¡qué hediondez!, ¡qué lujo siniestro!, ¡qué despilfarro exótico! ¡qué espantosa miseria!

Hemos visto las «Américas» de Madrid, o sea el «Rastro», como se las llama más comúnmente; hemos visto aquel comercio de guiñapos extraído de la cesta de los traperos, aquel cascajar de la corte, aquel estercolero de la opulencia, aquel bazar de fragmentos heterogéneos, aquella tienda de la ropa lavada de los hospitales, de la ropa vendida del jugador, de la ropa decomisada del ahorcado; aquella feria de toda la mugre recogida en una población, aquel ancho tiesto de basura, aquel mercado donde se vende el ojo de una tijera, media cruz de Isabel la Católica, la mitad del tapón de una botella, el faldón de un frac, el ala de un sombrero, el mango de un cuchillo, el mástil de una guitarra, una caja sin fondo, tres hojas de un libro, la pasta de otro, un pedazo de entorchado de general, un zapato viudo, un guante soltero, todo ello de mil formas, de mil materias: de barro, de concha, de oro, de estaño, de trapo, de ébano, de hierro, de marfil, de terciopelo; todo agujereado, deshilado, deteriorado, mancillado, desprestigiado, roto, viejo, soez... ¿Entendéis? Allí están los despojos barridos del salón y de la cloaca, del gabinete y de la boardilla, del estrado y del corral, del templo y del teatro, del cotarro y del ministerio... ¡Oh, sí!... ¡las «Américas»! Id a las «Américas»... pero este artículo no se titula «las Américas»: titúlase «El Mundo Nuevo» (fatídica analogía)... ¡Y bien!, si las «Américas» son los restos, los pedazos, la escoria de las cosas, el «Mundo Nuevo» es el resto, la sobra, la mugre, el desperdicio de las personas.

Oíd.

Si tenéis el estómago fuerte, el corazón frío y la vista segura; si no habéis de sentir náuseas, ni compasión, ni mareo; si no habéis de asfixiaros, en fin, subid al «Mundo Nuevo» la tarde de un domingo.

Desde luego veréis a cada familia (si allí existe la familia) amontonada en la puerta de su madriguera: parecen plastas de insectos.

El anciano (si la ancianidad —palabra santa— puede aplicarse a la decrepitud torpe e inmunda); la joven (si es que hay juventud donde falta la frescura, el pudor, la pasión generosa, el rubor y la virginidad); el niño (si cabe la niñez lejos de la timidez de la inocencia, de la modesta ignorancia); la madre (si la maternidad —sacerdocio sublime— puede ejercerse sin digna ternura de una parte, sin dulce respeto de la otra, sin recato y santidad de ambas); el padre (si es padre un ser degradado: que extravía a sus hijos, que ni da moralidad, ni alimento, ni vigilancia a su familia, y vive, como planta parásita, del jugo ignominioso de la depravación doméstica); el hijo (si tal nombre se adapta al que ni venera a su progenitor, ni le ama porque le teme ni nada tiene que agradecerle, y no le ve con bochorno, porque no sabe abochornare); todos, repito, padres, hijos, esposas, niños, ancianos, mancebos, todos están allí agrupados, amalgamados, risueños, irónicos, lascivos, desvergonzados, maldicientes, blasfemos, cínicos, ateos, hambrientos, sarcásticos, descamisados, descorazonados, inhumanos, impudentes, encenagados, por último, en todos los fangos, en toda la lepra, en todos los tarquines sociales e individuales.

Entre aquellas horruras buscáis un grano de plata, entre aquellas sombras buscáis un cabello de luz, entre aquellos crudos colores buscáis alguna tinta suave, entre aquel hedor buscáis algún perfume, entre aquella acritud buscáis alguna dulzura, entre aquel barro buscáis algún oro, entre aquel vicio buscáis alguna belleza... ¡Triste es no encontrar nada!

¡Nada! Paséase la vista fatigada por uno y otro montón de repugnantes objetos, y nada sonríe, nada halaga, nada seduce la imaginación. La perfección ha huido de aquellos sitios. Nada bueno, nada bello, nada puro. Ni un rostro de ángel, ni un cuerpo de virgen, ni una casta mirada, ni una frente ruborosa, ni una palabra inocente: ni pudor, ni candor, ni temor, ni honor, ni respeto, ni pulcritud, ni regularidad, ni gracia... ¡Nada, nada halagüeño! ¡Todo, todo desolador!

¡Qué impudencia en las risas!, ¡qué postración en las ideas!, ¡qué denuestos en la conversación!, ¡qué devastación en aquellos cuerpos!, ¡qué vejación, qué mancilla, qué esterilidad! y, sobre todo, rado de la capital; allí está el escombro sacado del hospital y de la cárcel, el ídolo roto, el cadáver ¡qué fealdad tan mugrienta, tan desflorada, tan agotada, tan agostada, tan estragada por la prostitución, por la embriaguez, por el insomnio, por el hambre por la glotonería, por la sarna de todas las miserias!

Porque allí está el deshecho, el traje abandonado, el harapo, digámoslo así, del libertinaje donde la disolución, la carne podrida cortada del cuerpo social, la llaga viviente del vicio, el deterioro de la hermosura, el fango que queda en la coladera al pasar el agua, la decoración vieja arrojada de teatro y vista de día...

Tal es el «Mundo Nuevo».

¡Málaga, España, siglo XIX, avergonzaos!

La música en el siglo XIX

En esta historia moderna, tan fecunda en saludables revoluciones, en que todos los conocimientos humanos se transfiguran, tendiendo a un perfeccionamiento incalificable, hemos visto por espacio de cuatrocientos años surgir un mundo nuevo de las ruinas del antiguo, y admirado a cada generación y a cada pueblo siempre que ha levantado una columna en el naciente edificio de Europa.

La pintura, la poesía y la escultura, las ciencias naturales, la metafísica y el derecho público han tenido brillantísimos reinados durante este corto período. ¡Qué centenares de hombres, todos ilustres, todos sobresalientes, todos obreros de un mismo luminoso porvenir! Apenas hay nada verdaderamente grande en Europa más allá del Renacimiento: sangre y tinieblas halla solamente el filósofo en el cuadro horrible de aquellas edades, que la poesía, ciega como el delirio, insiste aún en revestir de grandeza.

Volvamos a la historia moderna.

El siglo XV y el XVI (sin contar a Petrarca y a Bocaccio, joyas del XIV) ven el apogeo de la poesía y de la pintura así en Italia como en España; Francia se desarrolla de un modo sorprendente desde el reinado de Francisco I y viene a ser en el siglo XVII el plantel de los grandes hombres, mientras en nuestra patria aparece otra constelación de vates y de artistas; Inglaterra se apodera de la materia, del comercio; Alemania del espíritu, de la filosofía: a veces cambian su papel; la astronomía da a luz a Galileo, y Galileo lucha a brazo partido con la Inquisición, Todo hierve, todo se agita. Doquier se descubren antros tenebrosos, que registrará muy pronto el siglo XVIII con su análisis. La humanidad ha llegado a la eminencia: todo trepa, como creciente lava, al punto culminante de la erupción; las ideas estallan, por último, y el volcán civilizador aparece en París.

En la hora del estupor recorre el mundo una sombra colosal; es el aborto de los siglos: Napoleón.

Pasa la crisis; suena la paz en el reloj de las generaciones y luce sereno el faro de la libertad. El espíritu humano ha conseguido el triunfo.

Es el momento de la aparición de la música.

La música debió desatarse sobre las ruinas del viejo mundo, como el cántico inmenso de la victoria, Haydn, Mozart, Rossini, Handel, Beetoven, Glucli, Paer, Paccini, Ricci, Rossellien, Bellini, Paiseillo, Donizetti, Weben Schubert,

Strauss, Meyerbeer, Auber, Verdi; esa serie de encantadores que aparece en Alemania a fin del siglo pasado, y que se desborda por Italia como un diluvio de harmonías, forma un solo himno de independencia, a cuyo son el siglo XIX se escapa de los castillos y de los conventos.

La música. es hija de la libertad. Las almas libres son susceptibles de ensanches maravillosos: las grandes expansiones de ese arte no caben en una atmósfera de esclavitud. Y si no, observad las ideas políticas de los grandes músicos; desde Rossini dejando su apatía en 1846 para cantar la soñada resurrección de Italia, hasta Verdi, perseguido en Venecia por unos coros del «Macbech»; desde Bellini en «I Puritani» hasta Meyerbeer en los «Hugonotes», vemos a esos cisnes de la libertad explayar sus harmonías en aras de la independencia. Todas las artes habían tenido sus siglos: la música es el arte del siglo XIX.

La música de los siglos anteriores y aún posteriores, con mucho a Guido «el Aretino», puede compararse a las páginas sueltas de un libro, volando dispersas por la superficie del globo, hasta que nuestra época ha compaginado con ellas una portentosa obra. Cuántas baladas familiares, cuántos himnos de guerra, aires nacionales, cantos populares, barcarolas, serenatas, trovas epitalámicas, harmonías, coros y salmos religiosos; cuánta música, en fin, habrá flotado sobre la tierra, desde que la primera ilota se escapó del yunque de Túbal.

Pero ni en Israel, cuando diez mil hombres apiñados sobre una montaña y diez mil mujeres sobre otra entonaban aquellos prodigiosos himnos de que nos habla la historia; ni en Grecia, en los certámenes que nos describe Homero; ni en las catedrales de la Edad Media; ni en los órganos de Alemania, donde el de Harlem es asombro del mundo, nunca, en fin, se imaginó que la música por sí sola fuese lo que ha llegado a ser.

Hasta aquí había sido parte accesoria de las solemnidades; hoy basta ella sola para ser una solemnidad. Antes acompañaba, interpretaba pálidamente: ahora traduce los sentimientos, el espíritu de las épocas, las costumbres de las naciones: tiene esa facultad de inmortalizar los hechos que residía exclusivamente en la poesía, en la pintura y en la escultura, aspirando también a la importancia filosófica de la historia. Pinta, habla, resucita caracteres, personajes, dramas; después de pasar del ruido al sonido, desesperación de los acústicos, y del sonido a la melodía, y de la melodía a la elocuencia, y de la elocuencia a la pasión, ha pasado de la pasión a la filosofía, del corazón a la cabeza, del sentimiento a la inteligencia, y ya, por decirlo de una vez, es un idioma más sobre la tierra; idioma universal puesto al alcance de todos los corazones sensibles de todas las almas privilegiadas; idioma que comprende el samoyeda lo mismo que el americano, así el lapón como el indio de Oceanía.

Todos los pueblos civilizados han puesto su página en esa obra, que a la vuelta de los siglos podrá tornarse un lenguaje convencional entre todo el género humano, lenguaje fraternal y único que supla al que sueñan algunos filólogos para el porvenir de las naciones. Un poema puesto en música puede ser leído y comprendido en todo el orbe; porque la música se comprende con el corazón y el corazón es el mismo en todas las zonas. Sin necesidad de entender el italiano, todos los hombres cultos que viven sobre la tierra han llorado el dolor de «Norma».

Todo entra bajo el dominio de la música.

España, austera y sombría bajo el absolutismo y los frailes, dejó oír su majestuosa música sagrada, que en nada cede a la de Pergolessi. Bellini se apoderó de las lágrimas y del sentimiento; Donizetti de la ira, de la venganza, del arrepentimiento, de todas las pasiones desesperadas: del amor en «Lucia». El judío Meyerbeer, medio prusiano, medio parisién, fantástico, gracioso, sombrío, toma el claro-oscuro del pensamiento y dibuja el «Roberto». Rossini, en el centro de esta revolución y origen de ella, trastorna la vieja instrumentación, se apodera del «crescendo» de un modo sublime, y crea poemas enteros sobre las teclas del piano. Verdi, innovador, demagogo, socialista, quiere buscar harmonías en la extravagancia, y encuentra sus brillantes «allegros», que resucitan la música militar de Europa. Después de Beethoven, Verdi para los efectos es el único. La trompeta en sus manos es maravillosa: acaso demasiado. La poderosa voz de este genio fecundo despierta a una generación enervada, y después de anunciarse con la desordenada anarquía que precede a la creación acaba de entrar en la fácil senda de un género mixto entre el italiano y el alemán.

¡El género alemán, que es el gran porvenir de la música! Se trata, como hemos dicho, de darle vida propia, filosofía, colores a la composición. La onomatopeya tan ridícula de los cañonazos que usa Beethoven en su Te

Deum, y aquellos mismos cañonazos que hace disparar por vía de acompañamiento; esa harmonía imitativa tan buscada por los «maestros» como por los retóricos, acaba de encontrarse en el tercer acto de «Roberto il Diabolo», en la «Campana de los agonizantes», de Schubert, y en otras muchas fantasías alemanas; y no trivial y pedantesca, sino positiva e interpretadora como un remedo de la naturaleza.

España, entre tanto, borronea la zarzuela.

Apuntes biográficos

Don Vicente Cuyás

«España, entre tanto, borronea la zarzuela.»

Así concluimos en el número anterior al hablar de los adelantos que la música ha hecho en este siglo.

Se nos dirá que el público español aún no puede recibir la ópera y que nuestros nacientes genios músicos se ven precisados a empequeñecerse en la zarzuela, so pena de no ser escuchados...

Para contestar a esta objeción escribimos la siguiente biografía.

Una noche de primavera del año 1838 acudía una inmensa muchedumbre al teatro del Liceo de Barcelona.

Representábase por primera ver la «Fattuchiera», ópera seria de un joven desconocido, y el público concurría a este espectáculo tan extraordinario en nuestra nación, ávido de juzgar y conocer así la composición como al músico.

Desde las primeras escenas el pasmo fue general.

Era una ópera del género de las de Bellini, dulce, melancólica, apasionada; si no a la altura muchas veces de aquel cisne de su mismo nombre, que hacía tres años lloraba el mundo filarmónico, brillante otras de originalidad, y siempre admirable por el sentimiento y la maestría que dominaban en toda la partición.

Desde los recitados, expresivos y elocuentes al par que ricos de melodía, hasta los finales de todas las piezas, donde, escaseando un vano ruido, prodigaba grandes parasismos de harmonía, que coronaban dignamente los pensamientos flotantes en todo un acto, el autor manifestaba, si no un profundo estudio en el contrapunto que Rossini acababa de revolucionar, un tacto exquisito, una novedad sorprendente y una riqueza de pasión que entusiasmaron al público.

Hallaron en la «Fattuchiera» una magnífica aria de «bravura», impetuosa y ardiente hasta su última nota; coros originalísimos del género usado por Bellini en «I Puritani», graciosos al par que severos; dúos brillantes, libres de esa repetición de pensamiento en ambos cantantes tan prodigada en el teatro italiano como monótona por su esencia, y especialmente fue de admirar el final de la ópera, que consistía en un aria tan elevada en conceptos, tan

81

patética, tan filosófica, tan sublime, que el entusiasmo de los espectadores rayó en delirio.

Aún no se había prodigado hasta la ridiculez la deferencia de llamar al autor a las tablas, y sin embargo, durante la representación de la ópera, las aclamaciones, los vítores, los aplausos del público no cesaban, llamando continuamente al autor.

Al final del último acto, y de orden de la autoridad, venciendo una sincera modestia y a pesar de otras circunstancias que expondremos, apareció el compositor en la escena a recoger el laurel sagrado de los artistas.

Era un joven de veintidós años, muy pálido, delgado, de lacia y espesa cabellera, con grandes y melancólicos ojos, modestamente vestido de riguroso luto, de aspecto tímido y enfermiza constitución. Usaba gafas, y una ligera patilla corrida encuadraba su semblante macilento.

Se llamaba don Vicente Cuyás.

Había nacido en Palma de Mallorca el año de 1816. Primeramente le consagraron a la medicina, pero esta ciencia de las almas estoicas se avenía mal con la sensibilidad del futuro compositor. Abandonó, pues, aquel estudio para dedicarse a la pintura, en cuyo arte dio a conocer su genio. Súbitamente despertose en él la afición a la música, y arrojando el lápiz como había arrojado los libros, se asió a un piano con la fe de una predestinación irresistible.

Entonces tenía diez y siete años.

Hubiera querido cantar; pero la naturaleza, que le dio el genio, le negó las facultades.

Su alma encerraba, no obstante, océanos de harmonía, y para poder darles la expansión que les negaban su débil contextura y su poca voz, dedicose a la edad de veinte años al estudio del contrapunto y la composición.

Un año después había ya escrito un brillante dúo, digno de un músico consumado.

Y ya no cesó de lanzar acordados sones su bien templada lira: muchas fueron las piezas sueltas en que demostró su precoz ingenio a sus muchos amigos; pero el público le desconoció. aún.

Entonces quedó su padre imposibilitado para el trabajo, y el joven Vicente tuvo que robar casi todo el día a la música, para atender al socorro de su familia.

Sin embargo, deseando adquirir los triunfos de la escena y aprovechando la ocasión de residir en Barcelona una buena compañía de cantantes, escribió una ópera seria para voces de fuerza y extensión.

Pero cuando estaba concluyéndola, la compañía se fue de Barcelona, y la que le sucedió asaz, débil e insignificante, juzgó imposible cantar la ópera de Cuyás.

Éste no desesperó, y en muy poco tiempo, robando horas al sueño y en los intervalos de las faenas en que se ocupaba para sostener su casa, escribió la «Fattuchiera».

Ya lo hemos visto coronado por uno de los públicos más ilustrados de Europa.

Pero qué profundo dolor se mezclaba en el alma de Cuyás al más santo regocijo.

Pocos días antes de aquella ovación había perdido a su madre, y estas dos encontradas emociones quebrantaban el débil corazón de Cuyás.

Los artistas que le rodeaban le vieron Palidecer bajo la presión dulcísima de los laureles... Luego desfalleció en sus brazos, y finalmente, al retirarse de la escena, tuvo un vómito de sangre y se desmayó.

Poco tiempo después le marcó con su dedo fatal esa implacable dolencia que se llama «tisis».

Entretanto, la «Fattuchiera» se repetía con creciente aceptación.

Su nombre creció al par que menguaba su vida.

La palma subía cada vez más mustia.

Al fin, siete meses transcurridos, se desvaneció aquella esperanza hermosa de las artes.

Hay una coincidencia extraña en la muerte de Cuyás.

Después de representarse la «Fattuchiera» una infinidad de noches, se anunció por última vez para el día 7 de marzo de 1839.

La concurrencia fue brillantísima. Tratábase de dar un adiós a aquellas patéticas harmonías que tantas noches fueran el encanto de los barceloneses.

La ópera se aplaudió más que nunca, y todos salieron del teatro murmurando el nombre de Cuyás.

Algunos de los espectadores, al regresar a sus casas, oyeron, entre el silencio solemne de la media noche, unas campanadas lentas que anunciaban la agonía de un cristiano...

Era que Cuyás abandonaba esta vida.

Los últimos suspiros de la «Fattuchiera» se habían apagado al mismo tiempo que la lágrima de la muerte rodaba por el rostro del malogrado genio.

Lo que se oye desde mi ventana

—¡Qué noche tan hermosa!

—Abur...

—¡Ja, ja, ja!

—Pues, sí, señor... le diré a usted...

—Buenas noches...

—¡Agua del Avellano, caballerooooos!

—¡Niñas, niñas!, ¡más despacio!

—Señora, es usted hermosa; es usted...

—¡De un modo o de otro, Turquía morirá!

—Pero Rusia nada ganará en ello. Esa guerra es fatal a ambas potencias y favorable al resto de...

—Allá van... ¡Ella es!

—Aquí vienen... ¡Ellos son!; ¡qué tontos!

—Desde entonces estoy cesante. Ahora espero...

—Murió abintestato, y me correspondió toda...

—¡Oh!, si yo encontrara una mujer que me comprendiera; una mujer...

—¡Ay, amiga mía! ¿Dónde habrá un hombre digno de ser amado? Un hombre...

—Aquel día fue el más feliz de mi vida.

—¡Nobles caballeros, una limosna por amor de Dios!

—Papá, ¿no vamos al café?

—Le di dos bastonazos y...

(Se oye a lo lejos la estentórea voz del apuntador del teatro).

—¿Y duda usted de mí? Manuel, usted sabe...

—Antonio... ¿lo creerás? Al poco tiempo supe que amaba a otro.

—Seis reales. Y tú, ¿cuánto tienes?

—¿Quién quiere bollos?

—Dentro de dos años soy capitán: la chica...

—Una apoplegía...

—¿Qué, qué, qué es eso?

—Nada: que esta mañana se ha muerto el hijo mayor de don Judas.

—¡Le digo a usted que se casaron anoche!

—¡Buena barbaridad! Te dije que aquel dos a la derecha no me gustaba...

85

—¡Quia! Ni un libro se vende: se ha dado en la manía de leer obras presta-
das, lo que es un...

—Mamá, mamá, ¿y van también al infierno los moros que son hombres de
bien?

—Sí, hijo mío.

—Pero la Vargas es un poco más gruesa. Lo que tú has de ver, es que la
Petra Cámara...

—¡Vaya usted con Dios, hombre! Comparar al Chiclanero con Cúchares, es
lo mismo que...

—El tema del sermón era el siguiente: «O altitudo»...

—El animal es bueno. En las carreras de Sevilla corrió más que el potro de
don Felipe.

—Manteleta azul, sombrero blanco...

—Lamartine es ideal, melancólico, meditativo como el aspecto de la Luna.
Víctor Hugo es luz, vida, rayos de fuego... Es el Sol. Lea usted a «Pecopin».

—Ahora no tengo; le digo a usted que le pagaré...

—La coquetería del hombre es mil veces más perjudicial que la de noso-
tras...

—¡Oh «Chiara Novello»! Esa mujer es inimitable en su papel de...

—Yo me como para cenar cinco huevos cocidos, un buen plato de ensalada,
tres...

—¿Y qué es eso de «La Constancia»?

—Abur...

—¡Cosas de este pueblo! ¡Qué calles tan fétidas, tan asquerosas!, ¡qué
escandaloso en los tendidos! ¡qué inmoralidad en las tabernas!, ¡qué abando-
no en el ornato público!... Hay una casa en la Puerta Real...

—Pero hombre, para hablar no es menester pararse...

—¡Qué! ¡Si hay cosas! Pues vaya usted a ver las...

—He pasado un rato divino. Esa muchacha...

—¡Huy! ¡Un dolor de muelas de todos los diablos! Estoy desesperado...

—¿Y qué opina usted de la inmortalidad del alma?

—Es empresa de ganar tres mil duros o perder quinientos. Si la cosecha
de Córdoba...

—¡Señorito, que tengo mucha hambre!

—Sube el trigo: entonces abrimos los graneros...

—¡Que me falta un ochavo para una rosquita!

—¡Cajillas de velillas! ¿Quiere usted madrileñas?

—Pero el Emperador de Austria.

—¡Vaya! ¡Se conserva usted tan fresca, tan saludable! ¿Se acuerda usted de aquellos ratos?... ¡Qué mundo éste!

—Ahora no tengo. Pasado mañana...

—Joaquinito, ¿y es verdad eso del cólera?

—¡Ojalá, Miguel! Esa fama es el ideal de mis sueños. Rivera, Rubens, Correggio...

—Tres de aceite y dos de sal, son cinco: cinco y...

—«A Grenade on volent les manteaux aux chevalliers».

—Al abogado no le acomoda la transacción, ¿Cuánto lleva por la vista pública?

—Mil reales.

—Pues, ¡alma de cántaro!...

—Verá usted cómo sigue; es lo mejor que he compuesto.

El Dauro y el Genil, ríos brillantes
que de Granada acarician las almenas...

—Convénzase usted, marqués; en el mundo no puede ya durar nada arriba de veinte años... Las almas quieren novedad...

—¡Toma!, y los cuerpos; antes duraba una casaca doce lustros, y ahora la de enero no puede servir el Carnaval...

—Yo lo que digo es que en todas las naciones no se deja ni un instante de acuñar moneda...

—¡Mire usted a la Luna, Ramón!

—¡Es usted más hermosa, Luisita!

—Dentro de seis años...

—Hace seis años...

—¡Ya no volveré a verle! ¿Quién había de decirme que moriría antes que yo?

—¡Viva la gracia! Oiga usted, niña...

—¿Y cuándo se va usted?

—¡Conque don Jaime vino anoche!

—Sufro mucho, señora. Es muy triste vivir con un corazón huérfano y altivo... ¡Yo no mendigo amor y le necesito para vivir!

—He roto tres sillas, un velón y el espejo...

—Y yo me he bebido mientras...

(Suena el pito de un sereno.)

—¿Ha estado usted en el teatro?

—Sí...

—¿Qué función ha ido?

—La... el... el... Hombre... no recuerdo... precisamente.

—Enriqueta, vámonos ya...

—¿Está mejor tu hermano?

—¡Qué!, no... déjame... voy corriendo... ¡hermano mío!

—¿Conque iremos a las máscaras?

—El Eco de Occidente... ¿no es ese un periódico que se imprime casa de Zamora?

—Sí... sí... un diario muy liberal.

—¡Quia! No... ni es periódico, ni trata de política.

Sentémonos aquí.

—Hace una noche hermosísima.

—Conque, volviendo a los periódicos, ¿y El Obrero?

—Dicen que ya no se publicará. Lo que sí sé es que en ese periódico de que hablabais, en El Eco de Oriente... digo, «de Occidente»... va a publicarse en el número octavo una poesía muy notable.

—¿Más que «La Ciega», de Espronceda?

—Más.

—¿Y qué es?

—Una «Oda a Dios», compuesta por el célebre poeta ruso Derzhavin en su propio idioma, traducida al inglés por John Bonring, y de éste al castellano por los redactores de El Censor.

—He oído hablar de esa composición. Es una cosa admirable.

—Es lo más grande que puede decirse a Dios. Es el canto de la naturaleza que aclama instintivamente a su autor, sin serle dado ni definirle ni comprenderle, sino admirarle. Y en prueba de lo magnífica que es esa poesía, básteos saber una cosa, que vais a creer por exorbitante que os parezca. Dice el viajero Goloviun que esta sublime composición se ha traducido en el Japón al idioma de aquel país, y por orden del Emperador se ha puesto, bordada en oro, en el templo de Jeddo, habiendo recibido el mismo honor en la China, donde traducida al chino y al tártaro y escrita en una pieza de finísima seda, está colocada en el palacio de Pekín.

—¿Qué nos cuentas?

—La verdad: también dicen que Salvador de Salvador, ese muchacho poeta que saludé hace poco, y a cuya amabilidad se deberá la inserción de la «Oda», está escribiendo un concienzudo artículo que, a la vez que analiza sus altos conceptos, dibuja un paralelo y pone de relieve las analogías que tiene dicha composición con nuestros libros santos. Este trabajo tan recomendable verá también la luz pública en El Eco...

—Hombre, pues es necesario leer esa oda...

—¡Ave María Purísima! ¡Las doce y sereno!

Estas y otras cosas se oyen desde mi ventana

Basta por hoy.

Tengo sueño, y temo que también lo tengan mis lectores.

Otro día seguiré, si me ocurre, el interminable diálogo de ese «pandemonium» que se llama vida.

Ahora me resta complacer a los últimos interlocutores de que me he ocupado, insertando la «Oda a Dios», a fin de que admiren conmigo, ya que no su traducción, incorrecta aunque ingeniosa, los grandiosos y elevados pensamientos en que abunda. Vale.

Oda a Dios

¡Oh, Tú, eterna unidad, cuya presencia
llena el espacio, el movimiento rige,
brilla inmutable sobre el raudo vuelo
del tiempo asolador! ¡Dios sin segundo.
Ser sobre todo ser; Único y Trino!   5
Incomprensible, inexplorable agotas
contigo solo la existencia entera.
Tú abrazas, Tú diriges, Tú mantienes
el universo. ¡Oh Ser a quien el hombre
Dios apellida y lo demás ignora!   10
   Podrá osada medir la humana mente
del océano los profundos senos,
sus arenas contar, contar los rayos
que se exhalan del Sol; mas no hay medida,
no hay peso para Ti. ¿Quién romper pudo   15
el velo en que ocultaste tus arcanos?
La centella más pura, más brillante
de la razón humana, aunque se encienda
en tu sagrada luz, vencer no puede
la inmensa oscuridad de tus decretos.   20
Piérdese en ella el pensamiento altivo,
como el instante que pasó se pierde
en la insondable eternidad. Tú fuiste

quien a la primer «nada» llamó caos
y existencia después. En Ti principio   25
tuvo la eternidad. Único origen
eres Tú de la luz y la harmonía.
Toda beldad, toda existencia es tuya,
Tu palabra es creadora. El universo
lleno está de los rayos de tu lumbre.   30
Tú eres, fuiste y serás glorioso, grande,
dador del ser, sostenedor del mundo!
   Rodeaste el universo, no medido,
con tu cadena augusta, y le inspiraste
el soberano aliento; Tú reuniste   35
el principio y el fin, sabio enlazando
la dulce vida a la forzosa muerte.
Cual de la ardiente llama se desprenden
centellas voladoras, de tu seno
los soles y los mundos se exhalaron...   40
y cual, bullendo entre la luz febea
mil átomos fugaces de oro brillan
alrededor de la argentada nieve,
así la hueste alada de los cielos
resplandece cantando tu alabanza.   45
¡Cuántas antorchas que encendió tu mano
e infatigables vagan por la esfera,
obedecen tu voz, muestran tu gloria
con beldad elocuente y giro activo!...
¿Qué sois, brillantes astros? ¿sois columnas   50
de lúcido cristal, raudales de oro,
lámparas de éter puro, u otros soles
que mil y mil sistemas iluminan?
¿Y qué son para Ti? Lóbrega noche
comparada al fulgor del medio día: 55
¡menos que gota para el mar inmenso!
Y yo, mortal, ¿qué soy?... Mil y mil mundos,

la innumerable hueste del Empíreo
aumentada a miriadas y brillando
con cuanta gloria el pensamiento alcanza,   60
¿qué son en tu presencia? Solamente
un átomo insensible; y yo... ¡la nada!
    Nada soy, mas tu lumbre bienhechora,
traspasando los orbes, a mi pecho
llegó también; ¡tu espíritu divino   65
en mi espíritu brilla, como el rayo
puro del Sol en la delgada bruma!
Nada soy, mas yo vivo, y a Ti anhelo
en alas del deseo; por Ti soy,
aliento, y crezco, y en tu amor confío,   70
y aspiro hasta tu solio soberano;
y pues yo existo, ¡oh Dios!, sin duda existes.
    Moderador del orbe, Tú dirige
mi pensamiento a Ti; Tú lo refrena,
y de mi errante corazón sé guía,   75
Átomo hundido en el inmenso mundo,
yo soy algo, Señor, pues Tú me hiciste.
Entre el cielo y la tierra colocado,
último ya de los mortales seres,
estoy cercano a la mansión dichosa,   80
cuna del ángel; y en el linde mismo
do empieza del espíritu la patria;
yo completo la escala de los seres;
de la materia el último celaje
se pierde en mí, y a mí se sigue luego   85
el espíritu puro... ¡Yo soy polvo,
y mandar puedo al raya; yo monarca
y esclavo, insecto y Dios!... ¿Cuál fue mi origen?
¿cómo existió esta máquina admirable,
tan misteriosamente concebida,   90
tan portentosamente organizada?

Nada sé. ¡Solo sé que un poder sumo
dio al embrión humano ser y vida,
que él de sí mismo recibir no pudo!
   ¡Oh palabra creadora, oh fuente eterna   95
de la vida y del bien, alma del alma!
¡Oh Dios de mi salud! Tu amor, tu lumbre
en su brillante plenitud, mi pecho
de un inmortal espíritu llenaron.
¡Él vencerá los reinos de la muerte,   100
Él ceñirá las nobles vestiduras
de sacra eternidad; y levantando
sobre la tierra vil sus santas alas,
volará a Ti, su autor, su inmensa fuente!
   ¡Oh esperanza inefable! ¡Si no dignos   105
son de Ti los humanos pensamientos,
tu imagen, que en los ánimos grabaste,
te pague el homenaje de alabanza!
Solo así, ¡oh eternal sabiduría!,
¡oh infinita bondad!, solo así puede   110
mi humilde pensamiento a Ti elevarse.
   Admiro el universo, noble hechura
de tu diestra; tus leyes, obedezco;
adoro tu grandeza, y cuando voces
ya faltan a mis labios... ¡hable el alma   115
de gratitud las lágrimas vertiendo!...
Derzhavin.

Del baile en general y del baile del Liceo en particular

I

Dejemos para semanas más circunspectas la continuación de aquellos «Dos Ángeles caídos» de que hablé en el número anterior.

Es decir: quédense en el aire por otro poco tiempo: siempre tendrán lugar para estrellarse en la fría roca de los desengaños.

¿Quién resiste al ímpetu del torbellino que se ha apoderado de la raza de Adán durante este cuarto de la Luna?

¿Quién Piensa en nada sublime, en nada ideal. en nada patético, ante ese hormiguero de arlequines, de polichinelas, de locos, de condenados que van, vienen, saltan, gritan, roncan, ríen, sudan, beben, bailan... y... ¡qué sé yo qué más!

Brinquemos, gritemos y riamos también nosotros un poquito... pero sin alterar el orden... ¡porque ya saben ustedes las circunstancias!...

Y tú, vieja, fea, enjuta, avinagrada, resecante filosofía, déjanos por un momento; desaloja nuestra imaginación; cese tu análisis... Queremos dejar de pensar, abandonarnos al vértigo, al tumulto, a la música, al ruido, al baile, a la confusión, como sátiros, como figuras de organillo, como monos, como todo lo que quieras; pero necesitamos enloquecer por unas cuantas horas, olvidarnos de los negocios, de los recuerdos, de la vida, de la muerte, de las musas, de los acreedores ¡y sobre todo, de la política!

En una palabra: queremos ir al baile del «Liceo».

II

Henos en él.

Pues, señor; crea el que lo vea desde lejos que bailan, es muy ridículo...

Yo lo creeré con él.

Que es una tontería...

¡Concedo!

Que se degrada el hombre...

(Esta palabra HOMBRE las abraza a ustedes, señoras.)

¡¡Convenido!!

Pero es una tontería muy hermosa.

Y por ventura, ¿no es otra continuada tontería todo lo demás que hace el hombre?

¿Qué es este mundo sino un baile de máscaras?

¿Qué es este mundo sino un enlace de accidentes sin sentido, sin conexión, sin un «porqué»...?

¿Para qué hemos nacido?

¿Para vestirnos un frac, una toga, un uniforme, un manto o una basquiña morada?

¿Y acaso no es tan cómica la actitud de un príncipe de carnaval como la de un diplomático de cuaresma?

Insistamos.

¿Para qué hemos nacido?

¡Ah!, ya recuerdo...

III

¡Pero vete a los diablos, sucia y calva y mellada y gotosa filosofía! ¡Vete a los diablos, por favor...! ¡Yo quiero gozar!

¡Venid! Tendamos la vista en torno...

Y antes de seguir tributemos un merecido elogio a los señores de la comisión que con tal gusto, elegancia, «sprit», coquetería y buen tono han dispuesto estos salones. Todo es bello; todo está en su lugar; todo logra su efecto. Admiremos estos claustros reverberantes de iluminación, embalsamados de flores, cubiertos de alfombras, adornados de espejos, y... una idea me ocurre... ¡vestidos también de máscaras!

¡Sí! Tras ese disfraz de risueña perspectiva están los yertos pilares de un monasterio. La severidad austera de esta mansión se concibe a través de su vestido de baile.

Hace veinte años...

¡Oh redondos dominicos! ¡Si asomaseis la cabeza a esta casa de meditación, a este lugar de retiro, a este asilo de penitencia! ¡Malditas reflexiones! Heme aquí ya abstraído, caviloso, meditativo...

¡He dicho que no quiero pensar!

¡Oh!, mirad esa apiñada muchedumbre. Los salones apenas pueden contener tan animada y escogida concurrencia. Piérdese la extraviada vista en ese océano proceloso de luces, flores, lazos, cintas, diamantes, perlas, encajes, velos, sedas y plumas; en ese hervidero de latentes senos, de menudas manos, de torneados hombros, de gargantas de nieve, de ojos brilladores, de trenzas de oro o de azabache, de rostros animados, sonrientes, bañados de amor y embriaguez y soñolencia, de labios de color de cereza y dientes como gotitas de hielo y risas como alboradas de primavera y acentos como trinos de ruiseñores... Todo bulle, gira, rueda, choca, hormiguea... Rugen las orquestas, y cien torrentes de música se derraman, como una inundación de mayor vértigo, de más grande delirio, de más lánguida voluptuosidad, sobre todas esas frentes juveniles, despejadas, frívolas, desvanecidas, llenas de alucinación, de confusión, de vaguedad, de demencia... Crece el júbilo y el ruido y la algazara y el torbellino... Y la música presta sus alas a la juventud, y las parejas oscilan, tremolan, ondean, se precipitan, corren, saltan, huyen, vuelven, se extasían, se marean... Y el amor estalla, y centellea en todas las miradas, y arde en todos los corazones, y revolotea sobre todas las cabezas.

¡Miradlos... miradlos desde aquí! Parecen ramilletes de flores meciéndose al soplo del viento; parecen caprichosas nubes de otoño amontonadas a la tarde en el ocaso; parecen rizadas ondulaciones de una mar transparente bajo un cielo arrebolado; parecen bosques de plumas tornasoladas que el aquilón agita; parecen... ¡qué sé yo lo que parecen!

Pero figurémonos que de pronto cesa esa música, se amortiguan esas luces, empalidecen esos colores, esas flores se marchitan, esos velos se ajan, esas hermosas de tez fresca y nevada se vuelven polvo, ceniza, pavesa... ¡Qué idea tan horrible! Figuraos que han pasado sesenta años —un grano en la eternidad— y que todo ese conjunto maravilloso de animación, de beldad, de perfume, de harmonía, es un hacinamiento de huesos y harapos...

¡Soy un bestia!; ¡vaya unas reflexiones para un baile...!

¡Ay!, ¿puedo yo remediarlo?; ¿no es el alma el prisma de las sensaciones? ¡Cuán tétrico es el prisma de mi alma!

¡Qué diantre! ¡bailemos!

Será estúpido bailar; será necio brincar; será sandio zarandearse como panderetillo de brujas; pero es una cosa fascinadora.

Vais en brazos, o más bien, lleváis en brazos a una esbelta andaluza de osadas y ardientes formas, de moribunda mirada, pálida tez, provocativos labios, descubiertos hombros y perfumada cabellera... La estrecháis a vuestro corazón, oprimís su breve mano, apretáis su feble cintura, os envolvéis en su hueca falda, nadáis en su aliento, ardéis en sus ojos, voláis sin norte, sin tino, jadeante, febril o aletargado, sin conocimiento... La música os empuja, el torbellino os arrastra, la deidad os encadena... Alguna vez le decís balbuciente: «¡Hermosa!», y la hermosa se sonríe, y su sonrisa os enajena, y el corazón siente una nueva vida —vida ficticia—, y las sienes laten, y alzáis la frente con un desdén soberano y le decís al porvenir: «No te temo»; y le decís al pasado: «¡Adiós!».

Huye la noche de un modo quimérico, inenarrable, ¡indescriptible.

Es de día.

La ilusión se ha roto.

Todos abandonan el salón en silencio: los pies se sienten hinchados, la cabeza pesada, el corazón vacío. Todos se quejan de falta de sueño, de cansancio, de este o de aquel dolor...

Y salen a la calle, mustios, sombríos, cabizbajos...

Es que la dignidad de hombre ha vuelto a levantarse con el nuevo día.

Es que se siente remordimientos.

El diplomático vuelve a ser grave.

El curial, prosaico.

El mercader, inflexible.

El filósofo, filósofo.

Pero todos llevan dormido allá en el alma un recuerdo dulce, inefable, melancólico, como el que pone en nuestros labios mil suspiros al despertar de un hermoso sueño.

Astronomía

¿Cuál fue el objeto de Voltaire al escribir su historia filosófica de «Micromegas»? Es fácil de sospechar.

Su principal objeto no fue otro que desentumecer la tímida imaginación de los que creen que la gran obra de Dios principia en la Groenlandia y acaba en el aún no descubierto continente austral: ¡hombres que ven solo en las estrellas unas lentejuelas del manto de la noche, y refieren la inmensa e infinita máquina del universo a la utilidad o distracción del habitante de uno de los más insignificantes globos lanzados al espacio!

Voltaire, de sola una plumada: y con una admirable precisión matemática, inculcó en el alma del pueblo el sentimiento de lo grande, ilimitado e infinito que es ese vacío que la distancia nos presenta azul, estableció la comparación de nuestro planeta con otros planetas, de nuestro Sol con otros soles, de nuestras dimensiones con otras dimensiones fabulosas, e hizo temblar nuestra tierra, de tres mil leguas de diámetro, al peso de un viajero, cuya estatura no bajaba de ciento veinte mil pies de rey.

¡Qué maravilloso es el estudio de la astronomía!

¿Cómo decae la soberbia del hombre al concebir, al sospechar, mejor dicho, la obra del Criador! Y cuánto más grande no parece a sus ojos este Criador de millones de mundos y millones de soles, que el Dios limitado de la ignorancia!

Todas estas reflexiones nos sugiere un instante de meditación sobre los cálculos hechos por los astrónomos suecos y alemanes, acerca de los fenómenos celestes que deben observarse desde la Luna.

Mucho se ha hablado y mentido en este siglo, sobre los habitantes de nuestro satélite: hay quien los ha visto, quien ha adivinado sus costumbres, quien ha querido hablarnos de su civilización... ¡Qué fondo de grandeza hay en ese delirio del hombre!

El resultado es que todo es aún problema, misterio e incertidumbre: que pueden existir, que no es dado afirmarlo y que tal vez el Criador tiene dispuesto un extrañamiento absoluto entre todos los globos que pueblan el firmamento.

Pero suponiendo momentáneamente poblada la Luna, he aquí las observaciones que han debido hacer sus habitantes, y las estaciones a que están sujetos.

Sabido es que la Luna no está rodeada de atmósfera como la tierra, lo que imbécilmente se ha creído un obstáculo, para que, en ella haya seres organizados; pues es hasta ridículo y blasfemo no reconocer que Dios, que formó al pez para que viviese en el agua y al hambre y los demás animales para que respirasen en el ambiente, no puede crear otros mil diferentes elementos y confeccionar otros mil distintos órganos en los seres destinados a habitarlos.

Lo que sí es cierto es que la falta de la atmósfera da lugar a que la luz no camine más que en línea recta, sin ser susceptible de las refracciones que entre nosotros originan la aurora y el crepúsculo; por lo que es indudable que sus días deben ser abrasadores y sus noches frigidísimas, aconteciendo que en un país envuelto en duras tinieblas aparezca de pronto el Sol, y no siendo extraño que un mismo hombre tenga la cabeza en el día y los pies en la noche.

Todo el mundo sabe que estas noches son de catorce días (valiéndonos de una palabra del «Diccionario terrestre») y que el Sol camina allí a hora por legua, de modo que —lo que aquí creemos un delirio y hemos hecho todos en la niñez— seguir al Sol es allí tan fácil, que se calcula por los astrónomos como una cosa necesaria. Y en efecto: debiendo ser molestísima la transición violenta del calor del día al horroroso frío de la noche, nada fuera más natural sino que los habitantes de la Luna caminasen constantemente de levante a poniente con toda la celeridad posible a fin de adelantarse siempre dos o tres días al Sol y no perderle nunca de vista.

La Luna carece del movimiento diurno de rotación sobre su eje, que tiene la tierra y otros planetas; pues su única romería consiste en dar una vuelta alrededor de nuestro globo en veintisiete días y cerca de siete horas.

De la falta de movimiento sobre su eje resulta que todo un hemisferio de nuestro satélite carece de Luna —del reflejo de la tierra— en sus largas noches de trescientas treinta y seis horas, mientras el otro hemisferio disfruta del más útil y magnífico espectáculo. La tierra, Luna de la Luna, trece veces más grande que ella, aparece a sus ojos reverberante e inmóvil, sin oriente ni ocaso, clavada como un espejo para dar claridad y belleza a sus noches. Pero del mismo modo que nuestra pequeña Luna, también la tierra, Luna de aquélla, crece y amengua; después del plenilunio empieza a desgastarse por el ocaso; y cuando ya solo queda un leve hilo de luz, sale el Sol repentinamente e inaugura un día de otras trescientas treinta y seis horas.

Créese, pues, que los habitantes del hemisferio de la Luna, que mira a las estrellas, o —lo que es lo mismo— del reverso de esa faz plateada que hace tantos siglos contemplan los hombres; aquellos antípodas de esos ojos y esa cara que creemos ver desde nuestro átomo terreno, oirán contar a los viajeros la magnificencia de la Luna que se ve desde su país, y emprenderán peregrinaciones para poder contemplar la esplendorosa lámpara de los cielos, que clavada y refulgente, excitará su admiración y su entusiasmo.

¿Quién sabe si, adornados ellos de reflexión como los hombres, o dotados de más talento y poseedores de mejores aparatos, nos observan también llenos de curiosidad y forman cálculos semejantes a los nuestros, creyendo que la tierra ha sido criada para la utilidad de la Luna, como nosotros creemos que la Luna ha sido criada para la utilidad de la tierra?

¿Quién sabe si en esas noches espléndidas de verano, en que tanto nos enajena la Luna, se cruzarán millares de pensamientos en el espacio, y los seres de dos mundos que no se conocen pensarán mutuamente en su destino contando al astro de las meditaciones las cuitas de su alma, o preguntándole los enigmas de la creación?

¿Quién sabe, por último, si llegará un día en que, llevado el telescopio a una perfección extraordinaria, podamos fijar la vista en esos astros que nos alumbran, mientras haciendo ellos otro tanto, y viéndonos unos a otros, y adivinando ambos nuestra mutua curiosidad, inventemos un telégrafo de inteligencia, que al cabo de ciertos siglos sea un idioma entre dos planetas separados, por millones de leguas? ¿No estamos presenciando verdaderos portentos sobre la tierra? ¿Se hubiera creído en el siglo pasado que un hombre en París y otro hombre en Londres, con el mar por medio y separados por un centenar de leguas, pudiesen sostener una conversación como dos vecinos desde sus respectivas ventanas? ¿Y no llegará un día en que el telégrafo eléctrico será una tela de araña que envolverá la tierra?

¿No, vemos ya que un piano colocado en el gabinete de Talberg puede estar en comunicación con cien mil, o un millón, o mil millones de pianos, mediante unos hilos eléctricos, y que de este modo el insigne músico puede hacerse oír a un mismo tiempo en Roma, en San Petesburgo, en México, en Nueva Holanda, en Madrid, en Washington, en el mundo entero?

¿Y acaso —si los Gobiernos pudieran permitirlo y este invento no fuese la disolución de la sociedad y la segunda escala de soberbia erigida para trepar al cielo— no inventaría el hombre —o tal vez ha inventado ya— unas alas para cruzar el espacio como las aves, alejándose de la tierra como el pensamiento? ¿Y el vapor, y el ferrocarril, y los globos...?

¡Oh! ¿A qué mundo asistimos? ¿Qué época de sublimes delirios es la que atravesamos?

¿Adónde vamos a parar?

No lo sabemos; pero sigamos adelante.

¿Cuál es el porvenir de la civilización monstruosa de Occidente? ¿Qué será de la Europa dentro de diez siglos, si las ciencias siguen floreciendo y no las tala la segur de una invasión, o las inunda un cataclismo de la naturaleza, o las borra el soplo que hizo humo las civilizaciones indias, egipcia y griega y aquellas —que no conocemos— anteriores a la historia?

¡Oh desesperación!, repitámoslo:

Vitae summa brevis spem nos vetat inchoare longam.

Poesías

A Granada

¡Bien haya el sacro libro del místico poeta
que tus recuerdos canta sobre el hundido ayer!
Él cuente tus historias, esposa del Profeta,
llorando en tus ruinas tu efímero poder.
¡Bien hayan los suspiros que el moro desterrado   5
desde la ardiente Libia te manda sin cesar!...
Él cuente lo que has sido y evoque tu pasado,
creyendo ver tu sombra surgir del ancho mar.
Yo, al son de un arpa, triste y oculto entre las flores,
cual pájaro perdido, mi voz ensayaré,   10
cantando los que aún brindas halagos seductores
al pobre peregrino que al fin tu suelo ve.
Las gracias que hoy te adornan, los dones inmortales
que la naturaleza gentil te prodigó,
tu eterna vestidura de encantos virginales,   15
tu nombre bendecido cantar pretendo yo.
¡Granada! En tu recinto tal vez la poesía
del mundo primitivo soñaba ya un edén,
y allá desde la Grecia tu nombre bendecía,
creyendo tus jardines mansión de eterno bien.   20
Después ¡ay! ¿quién te ha visto que el alma enamorada,
no deje, al alejarse, suspensa sobre ti,
y en otros horizontes, al nombre de «Granada»
no surja ante sus ojos la sombra de una hurí?
¡Granada! ¡Qué radiante te adora en sus ensueños,   25
el que las zonas cruza del gélido aquilón!...
Los ecos de tu fama ¡qué gratos y risueños
del aterido polo visitan la región!...
¡Granada! En los desiertos del trópico abrasado,
¡qué ansiadas son y puras tus auras de jazmín!   30
Tus aguas bullidoras ¡qué ansioso y angustiado

recuerda el sarraceno de Zahara en el confín!
¡Oh! Dios vertió en tu seno, deidad de Andalucía,
la luz de sus miradas, la chispa divinal,
y en gérmenes fragantes de eterna lozanía   35
se abrió tu seno al mundo cual pródigo rosal.
Tendida en los confines de un valle delicioso,
reclinas en un monte la nacarada sien,
y cual esbelta virgen en plácido reposo
tomaste la postura de un lánguido desdén.   40
¡Con qué dulces abrazos te estrechan esos ríos!
¡qué amantes esas sierras protegen tu solaz!
¡qué gratos son tus bosques, pacíficos y umbríos!,
¡qué inmensa tu campiña, qué espléndida y feraz!
¡Qué augusto el obelisco de zafiro y de plata   45
que inmóvil te defiende del austro abrasador!...
¡benditas las auroras de oro y escarlata
que enciende allá en sus cumbres la regia luz del Sol!
¡Qué bellas son las tardes del apacible octubre
pasadas en tu vega, y en honda soledad,   50
cuando en la noche negra su faz el tiempo encubre,
después que un nuevo día le da a la eternidad!
Y ver a las estrellas, cual faros de bonanza
lucir de las tinieblas en el opaco tul,
y aquellas almas puras, que llora la esperanza,   55
soñar que aún nos sonríen detrás del cielo azul...
¡Qué puras son tus noches de Luna y primavera,
tus noches perfumadas, tus noches ¡ay de mí!
que ya desvanecidas, cual nube pasajera,
lleváronse de amores las horas que perdí!   60
¡Qué inmensos los instantes, qué vago el pensamiento
se explayan en tu seno, Granada celestial!
¡Qué locos los amores, qué rico el sentimiento
desbórdase a tu lado, sirena divinal!
¡Qué hermosas son tus hijas, estrellas de tu cielo,   65

palmeras de tus valles, claveles de tu abril,
ensueños de la Arabia perdidos por tu suelo,
tal vez náyadas blancas salidas del Jenil!
   ¡Qué rauda y soñadora se eleva la poesía
que beben de tus labios los hijos de tu amor!   70
Fecunda en tradiciones, vergel de fantasía...
¿de quién que tenga un alma no harás un trovador?
   Tú, patria del artista; tú, madre del poeta;
tú, nido de perfumes; tú, cuna de cristal;
tú, perla desprendida del cándido Veleta;   75
tú, lágrima del cielo; tú, sílfide oriental.
   Bendita seas ¡oh virgen! bendita seas ¡oh diosa!
las horas sean benditas pasadas junto a ti;
¡benditos los ensueños de nácar y de rosa
que un tiempo en tu regazo también yo concebí!   80
   Tus árabes jardines, tus mansos arroyuelos
¡benditos sean, oh reina del ámbito andaluz!
¡que siempre te prodiguen su amor los altos cielos!
¡que siempre te fecunde del Sol la ardiente luz!
   ¡Que siempre de placeres, de sueños seas morada!   85
¡que nunca el crudo noto te pueda marchitar,
y siempre seas de flores suavísima almohada,
donde mi loca frente consiga reposar!

Presentimientos

Esse, fuisse, fore

Reina la paz... el olvido
sus negras alas extiende;
la soledad aquí mora;
la humanidad aquí duerme.
Lentas horas de silencio   5
a otras horas se suceden...
la noche eterna aquí nace;
la luz del mundo aquí muere.
Las tinieblas de la nada
de este lugar se desprenden,   10
y la faz del almo cielo
con su luto se entristece.
El fulgor agonizante
del Sol que baja al poniente
besa en trémulos soslayos   15
la quietud de aqueste albergue
y huye de aquí amedrentado;
pues su resplandor perenne
resbala, amarillo y turbio,
por los campos de la muerte...   20
Un impulso irresistible
mis errantes pasos mueve
y me guía a esta mansión
donde mil pechos inertes
marcan las eternas horas: 25
ilatidos que no se sienten,
pero que escucha mi alma
y bajo mis plantas hierven!
¡Ay! en busca del descanso
aquí las pasiones vienen: 30
cada silencioso nicho

toda una historia comprende.
Las horas del porvenir
desalentadas perecen
cuando llegan a este sitio,   35
y aunque tenaces esperan
mil y mil siglos sentadas
en esos trises dinteles,
nunca brillará una aurora
del caos en el negro oriente.   40
Esta necrópolis muda
tiene un lenguaje solemne
que penetra el corazón
con inquietudes crueles.
Tal vez mañana yo mismo,   45
debajo de estos cipreses...
¿Y qué me importa? ¿Hay acaso
un instante más alegre
que el anterior a la vida
y el posterior a la muerte?   50
¡Alegre! sí... no creáis
que el asonante me impele
a poner ese adjetivo,
sino que le busco adrede.
Y esta es una gran cuestión   55
que en mi juicio se resuelve
con tres palabras que omito
y que las dijo un muy célebre
pensador, conciudadano
de la melómana Euterpe.   60
¿El no sufrir, es gozar?
¿qué es no querer? ¿algo quiere
la negación? Yo no quise
la existencia... Pero ¿tiene
voluntad de no querer   65

aquel que elegir no puede?
No. Bien, pero sin embargo,
resulta que vine a este
lugar que llamamos mundo
sin memorial precedente   70
de mi parte... Yo agradezco
al Criador estas mercedes
que no le pedí; mas como
según las humanas leyes
los privilegios no obligan,   75
si me dejáis que recuerde
la teología sagrada
que estudié en mis años verdes,
os probaré... ¿Y qué interesa
a la sosegada gente   80
que duerme en torno de mí
una digresión tan feble?
Dejémosla por ahora,
y el confesor le conteste
al que sea tan insensato   85
que a metafísico se eche,
con perjuicio de sí mismo
y a más de sus intereses,
porque hoy no se compran ya
las obras de cierta especie,   90
y es disparate escribirlas
cuando el mundo retrocede
a las regiones tranquilas
del orden, y no se siente
ni el más ligero fragor   95
de ese volcán que otras veces
parió un progreso «maldito»...
Sí, ¡maldito! ¿Viva el régimen
retrógrado! ¡qué sosiego!

¡qué paz! ¡qué silencio!... ¡imbéciles!   100
¡también entre estos sepulcros
reina la paz... de la muerte!

...

¡Cuánto genio! ¡cuánta vida!
¡cuánta esperanza ya estéril!
¡cuánta hermosura y candor!   105
¡qué de latidos ardientes,
de ensueños y de ambiciones
trae la humanidad en germen,
a estas solitarias tumbas
donde habrá de dormir siempre!   110
Aquí, polvo, allí, la nada...
¡soplos de aire pestilente
que las brisas arrebatan,
y en la inmensidad se pierden!...
¡Ah!... no... mi alma se agita,   115
sus alas inmensas tiende,
mide el Océano azul,
llena la región celeste,
falta mundo, y sobra alma,
alma inquieta, audaz, rebelde,   120
investigadora y grande,
reina en la materia débil.
Alma que de frágil polvo
pura y rauda se desprende
y ansía goces misteriosos   125
y busca el puro deleite,
de una santa inspiración,
ideal, sublime, leve,
impalpable, misteriosa,
como la luz, como el éter.   130
¡Existe Dios y otro mundo!
Mi razón no los comprende;

adivínalos mi alma,
y mi corazón los bebe
como recuerdos pasados,   135
como aromas que presienten.
Existe algo menos sandio
que la vida y que la muerte;
existe un vivir más digno
que nuestro vivir imbécil;   140
el «porqué» de nuestra vida
no es hacerse y deshacerse;
es muy bella nuestra alma
para un existir tan breve;
fuera injusto dar el ser   145
de la dulce nada a trueque,
tan solo para unos días
de desventuras crueles,
y luego este ser robarnos
diciendo a la vida... ¡muere!   150
¡Tan ridícula comedia
la humanidad ser no puede!
Entre nacer y morir
hay un punto que no hiere
nuestra vista, y es el móvil   155
de la vida y de la muerte.
Hay en nuestro corazón
algo que espera y que teme,
y hay, en fin, de esa otra vida
una cosa que se siente,   160
que se respira, se busca,
se ambiciona, se prevee,
¿Qué importa que la razón,
lámpara sola que mecen
tantos rudos vendavales,   165
nombre a esa cosa no encuentre?

Existen Dios y otro mundo;
existen y existir deben...
y nuestra alma necesita
ilusiones tan solemnes. 170
¡Mirad! La duda hace poco
me amenguaba: caña endeble,
mísero insecto creía
ser yo al contemplarme en este
recinto de tantas «nadas» 175
que recuerdan tantos seres.
Ahora la fe me sublima;
ahora la fe me engrandece,
y sobre la sepultura
donde pronto he de caerme 180
aquí, en el linde del mundo,
alzo tranquila la frente;
la esperanza me sonríe
y me llama, y en mis sienes
rueda el pensamiento, y brotan 185
alas al alma, y el éxtasis
me lleva en pos, y en sus brisas
mi genio se desvanece
y hacia ese Dios y ese mundo
sus plácidas alas mueve: 190
se explaya en su porvenir,
en su esperanza se duerme,
y empapado en su poesía,
tiembla, llora, calla y cree.

La guerra de Oriente
Oda.

    ¿Qué rumor funeral, desconocido,
turba de nuestras noches el reposo?
¿Qué confín de la tierra se estremece?
¿Qué drama misterioso
buscan en las tinieblas las miradas?   5
¿Por qué al oído percibir parece,
sordas y remotísimas pisadas,
y Europa estremecida,
presa quizás de lúgubres temores,
vela en insomnio ardiente,   10
atenta a los insólitos rumores,
con los ojos clavados en Oriente?
¿Dónde está el Sol? ¿En qué parte del mundo
su luz engendra el día
de tal tribulación? ¿Qué moribundo   15
reflejo de agonía
la aurora boreal al sur envía?
¿Por qué roja de sangre luce el alba
al ser de nuevos días triste cuna,
y orlada de bermejas aureolas,   20
a la América va la casta Luna,
huyendo de este viejo continente,
próximo a ser de sangre una laguna,
que meza hirvientes sus purpúreas olas
del Ural a las costas españolas?   25
Desde que un día una gigante sombra,
cayéndose a lo largo de los mares,
al que de Cáncer trópico se nombra
fue a dar con su cabeza fatigada,
cubriendo con su manto el Océano   30
y haciendo de un volcán una almohada

en que dormir su sueño soberano;
desde que aquel coloso
se hundió, midiendo con su cuerpo el mundo,
con su nombre llenando la ancha historia   35
y mil generaciones con su gloria,
en silencio profundo
la tierra se quedó: yació la espada
y enmudeció el cañón; y tras el caos
que rodeó la esencia de aquel hombre,   40
surgió la creación, cesó la nada,
y este siglo quimérico y sin nombre
de sus manos salió: que él con su sangre
bautizó el porvenir regenerado,
y él mártir, con su muerte   45
selló la rendición de las naciones
y cerró el estamento del «pasado»...
Napoleón murió; con él la guerra;
y el VERBO, que es la paz, reinó en la tierra.
¿Quién perturba los días   50
de progreso, de luz y de esperanza
que han surgido después? ¿Quién temerario
con sus manos impías
a contener se lanza
la rápida corriente   55
que sin cesar avanza,
bramando ¡«Libertad»! en son rugiente?
¿Quién la apagada tea
de la discordia agita?¿Quién viola
la paz reconquistada? ¿Quién emplea   60
el azote en un siglo que pelea
sin más pavés que la palabra sola,
sin más espada que la sola idea?
¡Guerra! ¿Dónde y por qué? Ya el pensamiento,
la cárcel quebrantó del servilismo;   65

su dignidad el hombre ha restaurado;
la sombra se rasgó del fanatismo,
y el principio sagrado
de «igualdad» ante Dios cunde doquiera,
más lento o más veloz ¡ay! ¡según fueron   70
más densas la opresión y la ceguera
en que los pueblos míseros durmieron!
¡Guerra! ¿Dónde y por qué? Tended la vista.
sobre la faz del mundo;
veréis del Evangelio la conquista,   75
que así en consuelos la verdad exhala:
«Sois hermanos... ¡levántate, mendigo!
¡humíllate, Señor! Dios os iguala;
porque en verdad os digo
que no hay otra grandeza ni otra estirpe   80
ni más elevación ni jerarquía
que la del genio en comunión conmigo
¡y la de la virtud, que es hija mía!»
Y esa inmortal palabra
es la emancipación; y ella nos trajo   85
la fe, que es la virtud, y ella nos labra
un grande porvenir, ¡que es el trabajo!
¡Guerra! ¿Dónde y por qué? No en las batallas,
ni con bronce homicida,
ni con acero y armadura y mallas   90
la raza de los hombres fratricida
busca ya esa ventura
que una vez para siempre vio perdida
por la misma maldad de su alma impura...
¡No! del corto destierro,   95
que hemos llamado vida los mortales,
no es posible las penas y los males
ahogar con sangre o extirpar con hierro...
Bálsamo de las llagas las doctrinas

los pueblos aliméntanse de ideas; 100
castillo inexpugnable es la tribuna,
campo las populares asambleas,
y el triunfo la verdad sagrada y una,
a la cual dice Dios: «¡Bendita seas!»
¡Guerra! ¡Guerra!... ¿Y en dónde? 105
En los inmensos páramos polares
el grito del autócrata responde.
«¡Guerra en torno de mí! ¡Yo soy la guerra!»
¡Guerra! ¡guerra! ¿Y por qué? Surca los mares
y cunde por la tierra 110
otro clamor fatídico del polo,
y contesta esa voz entre los hielos:
«¡La Europa es para mí, para mí solo!»
¿Y quién es él? Aborto de los cielos
la sombra le ha engendrado; 115
le nutre la ambición; el egoísmo
carcome sus entrañas; el pecado
muerde su corazón; el fanatismo
enróscase a sus pies la tiranía
petrifica su alma; la dureza 120
pintada está en su faz; su pensamiento
es la superstición; la hipocresía
es su traje imperial; y con su aliento
anhelará apagar todas las ciencias,
para dejar el universo a oscuras 125
y reinar absoluto en las conciencias.
Cadáver del pasado,
quiere infestar un siglo adolescente;
noche de nuestro Sol, quiere, menguado,
matar su luz ardiente; 130
recuerdo de terrores,
tenebroso en el alma se insinúa,
y la vista del mundo atribulada

de él a la Inquisición vaga y fluctúa
y acaso encuentra en él a Torquemada.   135
Viviente anacronismo,
en nuestro siglo lúgubre extranjero,
es «Tifoe» que vuelve del abismo,
¡susto y horror del universo entero!
¿Quién es él? Dolorida, ensangrentada,   140
cual en garras de un buitre una gacela
Polonia está a sus pies despedazada,
viviente acusación que nos revela
su crueldad ambiciosa y despiadada.
Su mano tocó a Hungría,   145
y la Hungría se heló...¡mano de muerte!
y Nápoles y Roma y Lombardía,
atadas a sus pies, el sueño inerte
duermen bajo ominosa tiranía.
Él pesa sobre Francia   150
como manto de hielo,
ahoga el pensamiento en Alemania.
del Cáucaso feliz enluta el cielo,
y en América, en Asia y donde quiera
tiene feroz una uña carnicera.   155
Hoy es Turquía... ¡Basta,
basta ya de ignominia y de paciencia!
¡El fuego de la cólera entusiasta
en las miradas de la Europa brilla,
y se alza al rumor de las cadenas,   160
con el rubor en la glacial mejilla
y la ira santa en las heladas venas!
¿Qué quieres?... ¿dónde vas? Nube de sombra
formada en un rincón de algún imperio,
¿cómo el haber pensado no te asombra   165
envolver en tu luto un hemisferio
y hacer de mil ejércitos, tu alfombra?

¿Cómo has soñado, di, apagar la lumbre
del espíritu humano? ¿No te aterra
la civilización del Mediodía,   170
la que ha dos siglos incendió a Inglaterra,
la que aún humea en Francia todavía,
la que cunde voraz por la ancha tierra,
la que a tu vez te abrasará algún día?
¡Guerra! Pues tú la quieres,   175
sea guerra sagrada
por nuestra parte... ¡al invasor Atila
que trae de nuevo el aquilón en brazos,
opóngase magnánima y tranquila
la Europa, a quien afrenta,   180
y haga al coloso boreal pedazos,
como a frágil barquilla la tormenta!
¡Oh!, ¡si bajases a la patria mía!
¡Oh!, ¡si en tu loca saña
trajeses algún día   185
tus fieras hordas a la fiera España!...
¡Ay de ti entonces! ¡El airado noto
que hizo a Napoleón doblar la frente,
te arrojará a la faz tu cetro roto
por las manos de un pueblo independiente!   190
Entre tanto, naciones oprimidas,
olvidad la flaqueza y el cansancio;
¡levantaos rugientes, aguerridas,
tú, la primera, que en tu seno anidas
el insulto postrer, vieja Bizancio!   195
Concita tú del cálido desierto
las nómades y fieras caravanas,
las tribus del mar Muerto,
las de Arabia, las hordas caucasianas
y las bárbaras gentes africanas...   200
¡Todos, hijos de Agar! ¡alzaos todos

y defended la sacrosanta herencia
de Mahometo, y las aras de Mahoma,
y el derecho inmortal de independencia,
y a esa tierna deidad, que reverencia   205
la historia al lado de la antigua Roma!
¡Hijos del gran Leónidas, alzaos!
Hazañas de los griegos de otros días,
romped del tiempo el polvoroso caos:
corra otra vez la sangre generosa   210
de Maratón en las cenizas frías,
y al hijo de Moscovia, que os insulta,
sepultad en las olas del Euxino,
que de Jerges las haces aún sepulta
¡Tú, Francia altiva, liberal, guerrera,   215
siempre audaz, siempre rica de entusiasmo,
recuerda el sanguinoso Beresina,
donde el que fuera de los siglos pasmo
huyó por vez primera,
dejando tras de sí llanto y ruina: 220
recuerda del Kremlin la roja hoguera,
que una tumba en los mares ilumina,
y que el trotón cosaco tascó el freno
de tu París en el lujoso seno!
Ahí tienes ¡oh Albión! al que divide   225
con tu poder el reino de los mares
y allá en la India tus esfuerzos mide
y contigo, en los círculos polares
y en la China y doquier siempre coincide;
tú, que eres, oh Inglaterra,   230
grande, porque el destino te hizo libre,
lánzate al mar, arrójate a la guerra,
y su ancha garra, tu leopardo vibre,
sobre el oso polar que al mundo aterra,
Alemania, Polonia, Italia mía,   235

de Palermo a Venecia infortunada,
noble y doliente Hungría;
Suiza, ciudadela codiciada
de pérfidos tiranos ambiciosos;
y tú, región feliz, allá sentada   240
al otro lado de la mar bravía,
república de hombres generosos
todos, en fin, los que lloráis cansados,
los esclavos, los tristes, los opresos,
del pueblo los tribunos desterrados,   245
los de la patria huérfanos proscritos,
llegad como torrentes despeñados;
«¡Libertad!» «¡libertad!» sean vuestros gritos;
¡precipitaos; vengad vuestros dolores;
caed sobre el tirano;   250
despedazad sus tercios invasores,
y a Europa purgue vuestra heroica mano
armada de justicia y de venganza,
del que cruel intenta
los faros apagar de una esperanza,   255
que allí en el porvenir su luz ostenta
tras los aciagos siglos de tormenta!

A la gloriosa muerte del coronel Don Patricio Bray
Elegía para el album de su señor hijo

¡Númenes de dolor, templad mi lira!
¡Vírgenes de la Iberia, dadme llanto!
¡Musa de la memoria, quema olores!...
La heroica muerte del soldado canto...
¡Genios, sembrad en su sepulcro flores!   5
   ¡Era un héroe! —Murió—. Murió en campaña,
y en su crispada diestra
apretaba el acero
al lanzar con el aye prostrimero
un tierno adiós a la infeliz España.   10
   Murió en la lid siniestra,
civil y fratricida
del torpe despotismo
contra la santa libertad querida...
y «¡Libertad!» diciendo el labio inerte.   15
en aras de la patria dio la vida...
¡Pensaba redimirla con su muerte!
   Ronco se queda el atabal guerrero:
la altiva frente del feroz soldado
mustia se inclina; y en su rostro fiero,   20
con el Sol de las lides atezado.
brilla lágrima ardiente,
que al corazón le arranca la tortura   -
del acerbo pesar que su alma siente...
El león español temblando llora,   25
y su rugido de feral bravura
¡torna el dolor en ayes de tristura!
   ¡Bray murió! Liado en su bandera.
Y al compás de la hórrida metralla,
le llevan a la tumba sus soldados: 30
fúnebre y ronca música guerrera

marcha con el cortejo: al aire estalla
del lúgubre clarín el grito helado,
Y el timbal desconsuela y ensordece
con su son cadencioso y destemplado,   35
    Inmóvil va la espada
junto a la inmóvil mano de Patricio...
¡su faz inanimada
parece blanca rosa marchitada!
¡Es tan joven!... La bella desposada   40
le vio partir un día, quebrantando
el de amor aún reciente yugo blando...
—¿A dónde vas? —le dijo:
—A defender los fueros españoles,
Bray repuso, besando al tierno hijo   45
y a la guerra partió; lidió en la guerra,
y ¡ay! a los pocos soles,
hijo y madre eran solos en la tierra,
    ¡Murió! Mas no murió, mi caro amigo
que vive en la memoria del Ibero   50
y en las páginas áureas de la historia:
vive su prez, su nombre va contigo,
y en su fama inmortal vive su gloria.
¡Hijo de Bray! tu padre,
triunfando de la muerte,   55
te circunda de honor y de ventura:
¿no alzas la sien orgullecida al verte
hijo de aquel que con su sangre pura
regó el árbol sagrado
de nuestra libertad, a cuya sombra...   60
¡Libertad! ¡Ay! ¿por qué el labio te nombra?
¿do están los frutos de ese bien soñado?
¿dónde está, pobre España,
el ídolo amasado
con sangre de tus hijos?   65

¿do el monumento que la sangre baña
de Mariana, de Riego y de Torrijos?
  ¡Libertad! sueño hermoso de la vida
alimento de grandes corazones,
dicha acaso perdida   70
por Adán del Edén en los dinteles;
sagrada libertad, hija del cielo,
he aquí, bajo el dosel de esos laureles,
otra víctima más... ¡oh desconsuelo!
¡Libertad! triste reina destronada,   75
que lloras decepciones, reclinada
en tumbas mil y mil; perdida diosa,
que cobijas doquier bajo tus alas
de mártires sin fin la helada losa;
arcángel sin ventura,   80
que la pálida faz, en tus cabellos
tristemente encubierta,
abates, y con ellos
lágrimas de ignominia enjugar quieres,
¿por qué bajaste al corazón del hombre   85
a encarnarte a su anhelo,
si eres visión fantástica sin nombre,
si eres la peregrina de este suelo?
  ¡Cuántas veces las orlas de tu manto
asieron delirantes las naciones,   90
y huiste, y encontraron con espanto
de tu veo en su mano los girones,
mientras nueva opresión con férreos clavos
la cadena amarrábales de esclavos!
  ¡Y aún ansiamos por ti, cuando los ojos   95
contemplan esta urna funeraria
que encierra los despojos
del héroe liberal, y solitaria
a la viuda ven, huérfano al hijo,

121

la patria sin ventura, 100
y al español gimiendo en la amargura
tus negros desengaños
de luto y guerra tras los fieros años!
   ¿Y esperanza no habrá?¿Y así muriendo
uno tras otro a manos del verdugo, 105
o en la ruda pelea,
o de la edad bajo el pesado yugo
irá esa grande y luminosa idea
a perecer, del mundo aún no gozada,
cual Sol que en día lóbrego se eleva 110
tras de nubes, y a ocaso el rumbo lleva
sin lanzar a la tierra una mirada?
Allá está el porvenir, encapotado,
fatídico, nublado,
que relámpagos fúnebres arroja 115
al mundo estremecido:
la esperanza está allí, sobre la roja
superficie del mar: mientras retumba
el bronce en el oriente
siguiendo vuestra obra, 120
¡mártires! ¡bendigamos vuestra tumba!
   Manes ilustres, sombras veneradas,
por nuestra Libertad sacrificadas,
oíd de gratitud el tierno canto
que os eleva mi voz, y sed dichosas 125
en vuestros monumentos, invioladas...
porque al menos ahí, sombras augustas,
si en este mundo libertad no hubiere
tus lazos rotos ven la almas justas...
¡El hombre solo es libre cuando muere! 130

A mi querido amigo Pablo Jimeno de Torres en el álbum fúnebre de su madre

Improvisación al tiempo de partir

«¿Qué fuera de mí en la tierra
si yo no tuviera madre?»
    En este mundo egoísta
donde nadie quiere parte
de las penas que otro sufre,
donde no nos brinda nadie
la mitad de sus placeres;   5
donde el corazón es cárcel
del amor propio, y no existe
quien, cual se ama, nos ame;
en este mundo, do el hombre
contra el hombre el hierro blando,   10
y un hermano al otro hiere,
y el cadalso inexorable
se eleva en la sociedad
ebrio de luto y de sangre:
en estos días de vida,   15
donde cada hora que cae
del porvenir al pasado,
es un ensueño fugace
de dolor y desengaños,
de fatigas y pesares...   20
¿qué fuera del corazón,
del corazón noble y grande,
del corazón generoso
que abnegación deseare,
si en el mundo no existiera   25
el cariño de una madre?
    Yo tengo una madre, Pablo;
yo, que cruzando los mares

voy con viento de infortunio,
tengo un puerto en que ampararme;   30
yo, que agitado camino
al través de vendavales,
tengo un hogar en sus brazos,
tengo en su cariño un ángel,
que me guía en las tinieblas,   35
que me sigue a todas partes.
   Cuando yo sufro, ella sufre,
lloro, y sus lágrimas caen;
río, y brilla su sonrisa;
Y así me dará, si es dable,   40
su ventura, como acepta
la copa de mis pesares
   Yo tengo una madre, Pablo;
ella protege la nave
de mis días, y me dice: 45
«¡Ten esperanza!» —abrazándome—
«¡y vive por mí, hijo mío!»...
Ella es mi punto de enlace
con la fría humanidad;
ella es el lazo suave   50
que me retiene en el mundo;
ella es el místico cáliz
que templa mis amarguras,
antídoto de mis males...
¡Pablo!... ¿Qué fuera de mí   55
si yo no tuviera madre?
¿Y tú has perdido la tuya!
¡Oh! bien comprendo tus ayes,
tus lágrimas, tus suspiros...
Tú naufragas, roto el cable   60
de salvación... tú zozobras...
se apagó el astro que arde

en el cielo de la vida...
iy ya tu rumbo no sabes!
Buscas donde reclinar 65
tu sien, que el dolor abate,
iy ya no encuentras un seno
donde tu frente descanse?
Lloras solo, solo ríes;
ya tu corazón no abres 70
la filial confianza;
ya tu alma se retrae
a una ficción egoísta...
idices al pecho que calle,
y al llanto que no te inunde! 75
y al grito que no se escape,
y al corazón que n tiemble...
y al dolor... que sea sociable!...
porque sabes que no tienes
quien comprenda tus pesares; 80
iporque sabes que has perdido
tu madre, tu pobre madre!
Llora, infeliz, noche y día,
llora, como el triste sauce;
con la cabeza en la tierra 85
llora de lágrimas mares;
agota tu corazón...
iy aún no llorarás bastante!
Ya eres pájaro sin nido,
sin puerto eres triste nave, 90
sin agua y en el desierto
eres solo caminante;
Luna sin Sol, voz sin eco
eco perdido en el aire,
flor segada de su tallo, 95
que se marchita a la tarde,

extranjero entre los hombres,
que hacerse entender no sabe...
Huérfano, vives proscrito
en el mundo miserable;   100
pues veinte años has vivido
en comunión con los ángeles;
ique a ellos viven en Dios
tú vivías en tu madre!...
Llora, Pablo; llora, amigo;   105
llora sin consuelo... iay!
llora sin cesar, y el lloro
quizá tus angustias calme.
   Yo a tu lado lloraría
que ausente estoy de mi madre.   110
mas también de ti me ausento
y a un mundo voy que no sabe
el preció de un corazón,
ni el valor de un tierno aye,
ia un mundo, Pablo querido,   115
donde llorar es en balde!
   Adiós... si el dulce recuerdo
de mi amistad puede darte,
si no consuelos, valor
para soportar tus males,   120
ipiensa en mí que te he ofrecido,
ya que no bellos cantares,
la ofrenda de un corazón
que sabe amar a una madre!

Los siete dolores de María

De Simeón la triste profecía
anúnciale una vida de dolores,
y huye a Egipto, temiendo los furores
con que Herodes al Cristo perseguía.
Crece su pena y crece su agonía,   5
cuando pierde a la luz de sus amores,
y su duelo y su luto son mayores,
al hallarle del Gólgota en la vía.
Se aumenta su pesar cuando la muerte
dobla la frente del Crucificado,   10
añadiendo amargura a su amargura
el abrazar después su cuerpo inerte,
y más y más su pecho es angustiado
al dejarle en la yerta sepultura. [197]

La campana de agonía
Soneto

¡La una!... ¡Paz a ti! —Todo reposa,
La noche aduerme al mundo... mas yo velo,
dando en los libros a mi loco anhelo
pábulo ardiente y expansión briosa.
La voz de una campana pavorosa   5
cruza los aires con remoto vuelo...
adiós de un alma que se eleva al cielo:
aye de un cuerpo que se hundió en la fosa.
Feliz mortal, que huyes de esta vida,
¿quién eres? ¿quién has sido? ¿qué has hallado   10
en el mundo que dejas? Tu partida,
¿a qué nueva región te ha encaminado?
¿Sombras o luz? ¿Comprendes algo ahora?

¡Ah! ¡Dime tú lo que este libro ignora!

En un álbum

«Dicen que sois dichosas,
bellas y puras;
yo soy flor agostada
tétrica y mustia:
me habéis pedido,   5
¡flores! esos perfumes
que yo os envidio.»
(En el mismo álbum.)

Me ponéis en las manos la cansada
cítara del dolor, hermosas mías...
¿Por qué otra vez de un arpa quebrantada.
buscáis las moribundas harmonías?
Si pudieran volver las muertas horas   5
en que los sueños del amor canté,
yo os regalara en músicas sonoras
del sentimiento la sentida fe;
yo os embriagara de ideal ternura
al compás de suavísima canción...   10
pero en la hiel tan solo hay amargura
¡y es mar de hiel mi triste corazón!
¡Oh! no me confundáis con esos seres
que murmuran de amor fingido afán
risa y llanto y dolores y placeres   15
sin sentirlo tal vez os cantarán.
Yo entre las cuerdas de mi rota lira
solo encuentro los ecos del dolor.
¡Si yo os cantara amor, fuera mentira!
Maldita el alma que os mintiera amor!   20

...

¡Ay del que un día un falso juramento
bebió en los labios de gentil mujer!
¡ay del que busca en la región del viento
los ecos vagos de un perdido ayer!

...

¡Oh cuánto padezco al veros   25
de mi tedio en lontananza,
sin poder ya comprenderos,
inmaculados luceros
del cielo de la esperanza!
A mi alma recordáis   30
de ilusiones un edén
yo soñé como soñáis,
e inocente yo también,
amé tanto como amáis.

....

¡Nunca del viento la indomable ira   35
apague en vuestras almas el fanal
de esos sueños de mágica mentira
que encantan de la vida el erial!
Y no crueles me pidáis, ¡oh hermosas!,
flores que ciñan vuestra casta frente;   40
ya se agostaron las fragantes rosas
de mi soñada primavera ardiente.
Se agostaron... y el soplo de la duda
seco dejó mí corazón de niño;
la juventud de su esplendor desnuda,   45
me lleva en pos, estéril de cariño.
Y así errante y perdido voy subiendo
por la vida a través de desengaños,
ni aun siquiera esperanza ya teniendo
de tocar a la cima de mis años.   50
No me asusta la rápida bajada,

y me asusta tan áspera subida,
ansiando echar en la insondable «nada»
la carga inútil de mi inútil vida.

...

  iAy de mi, ay del alma que en el mundo   55
sin alimento vive ni ilusión...!
iay de mí, que cual astro moribundo
siento helarse mi pobre corazón!

Epístola

A mi buen amigo el señor don José Salvador de Salvador

De la orilla del mar esta te escribo,
¿Estás bueno? —Me alegro— Aquí parodio
de Cicerón el «bene est» expresivo.
Yo inalterable mi salud custodio,
lo cual no está de moda, ni me alegra;   5
pues bien sabes, ¡oh Pepe! que me odio.
Te hablaba de la mar y es la más negra,
que ignoro si la mar es hembra o macho,
como ignoro si es bípeda una suegra.
Tú, que no charlas «español-gabacho»,   10
respóndeme: ¿es el mar hermafrodita,
niña vivaz, o retozón muchacho?
Mas heme en mí manía favorita,
tras digresiones huecas y difusas,
largas como sermón de jesuita,   15
recibe, caro amigo, mis excusas;
que al orden vuelvo ya para llamarte,
Benjamín granadino de las musas.
Te hablaba «del» o «de la mar», y hablarte
quiero más todavía... en otro tono.   20
Le tengo aquí... a mis pies; sus olas parte
contra mis botas con rabioso encono,
y, mientras ruge de ira o de impotencia.
a su extensión mi espíritu abandono.
¡Grande es el mar, José! Ya en transparencia,   25
ya en deshecha borrasca, yo le admiro
y admiro en él de Dios la omnipotencia.
Ya le bese la Luna plateada,
ya le tiña de oro el Sol poniente,
ya le preste su velo la alborada...   30
¡yo amo ese mar, abismo de la mente,

símbolo de la muerte y de la vida,
cual la una inmenso, como la otra hirviente!
   Hoy el Mediterráneo me convida
más que nunca a pensar, hoy —te lo juro—   35
siento al verlo mi alma estremecida.
   Cuando es de noche y en su manto oscuro
llora la creación del Sol la ausencia,
tristes desastres a ese mar auguro.
   Fijas están con honda persistencia   40
allí, en un punto, las miradas mías...
¿No adivinas mi ansia, mi impaciencia?
   ¡Aquellas olas anchas y sombrías
que a lo lejos se ven... son las de«Oriente»!
Mirándolas, no más, paso los días.   45
   Rojas las sueña ver mi loca mente;
pues la guerra en las aguas de Levante
sangre está ya tragando incontinente.
   ¡La guerra, el mar y el porvenir delante
de mis ojos están! Mi alma, ¿en qué piensas?   50
¡Humanidad imbécil e ignorante!
   ¡Ay! ¡mientras las naciones indefensas
su libertad entreguen a tiranos,
azotes han de ser sus recompensas!
   ¡Morid, hombres, morid! ¡Tercetos vanos!   55
Dejemos la política; dejemos
que se maten y coman los humanos.
   De nuestro corazón tan solo hablemos
y en plática tranquila y amistosa
de amistosos asuntos platiquemos.   60
   ¡Qué bella es tu Granada! ¡Qué amorosa
la nueva primavera sonreía
cuando yo la dejé! La blanca rosa
   su fragante capullo entreabría,
y el arroyo, la brisa, el prado, el cielo   65

nadaban en fulgores y harmonía.
     ¡Qué bella es tu Granada! ¡Qué consuelo
encuentra un corazón despedazado
en ese hermoso y bendecido suelo!
     El espíritu tétrico y helado   70
se dilata con ansia de emociones
queriendo hallar los sueños del pasado.
     Ofrecen a las muertas ilusiones
la tierra amor, los cielos poesía
y el porvenir risueñas creaciones...   75
     Nos besa con sus labios de ambrosía
el engaño... y creemos que creemos...
entonces... Mas hablemos de Almería.
     A esta dulce sirena saludemos
del arpa con los ecos más suaves,   80
y Nereida andaluza la aclamemos.
     ¡Grato es mirar las extranjeras naves,
que cual pájaros tornan a sus nidos!
¡Grato es hacer mil cosas que tú sabes!
     ¡Grato es no ser alcaldes ni maridos!   85
¡Grato es ser tonto, rico y usurero!
¡Muy grato es no querer ni ser queridos!
     ¡Grato es llorar... pero llorar no quiero;
que es grato no llorar... y a veces lloro!
¡Gratísimo será ser tabernero!   90
     ¡Grato es ver desde aquí cruzar del moro
rápida emigración de golondrinas
hacia ese edén primaveral que adoro!
     ¡Gratas en Almería son las minas
y las almerienses hechiceras!   95
¡Grato, oh musa, es mirar que desatinas!
     ¡Grato es dejar que digas lo que quieras...
y más gratas aun son ruiseñor mío,
las del fiscal, gratísimas tijeras!

Pero la hermana de la noble Clío   100
mi apóstrofe torció: contigo trato,
y a ti vuelvo a elevar mi canto frío.
    Pepe: ya ves que a mí todo me es grato.
y que en todo mi alma se recrea
y que el mundo me ofrece un lindo rato.   105
    La razón es muy clara... y se clarea:
yo hallo el mundo tan grato y divertido,
porque nada hallo en él que grato sea.
    Mas veo que te canso; te he cumplido
mi oferta de escribirte; adiós; perdona   110
un estilo tan loco y sin sentido,
    No culpes a mi numen: él se entona;
pero el diablo me tira de la oreja;
yo echo a reír y Apolo me abandona.
    Conque... ¡Salud! Memorias a... ino, deja!   115
que lo mejor me olvido de anunciarte:
hoy he empezado una fatal obreja
    que irá en «El Eco» y pienso dedicarte:
«MEMORIAS DE UN VERDUGO» la he llamado
y serán las memorias de su arte.   120
    El asunto... ¿qué tal? —«Afrancesado»,
alguno tal vez diga con hastío...
pero no serás tú, mi amigo amado.
    Yo sé que abundas en el gusto mío,
admirando a esa Francia, a quien debemos   125
la escasa luz de este rincón sombrío.
    Nuestro siglo al pasado comparemos.
¡Cuánta transformación! ¡cuánto adelanto!
¡qué despreocupación doquiera vemos!
    Aún vamos a la zaga... ¡Pero cuánto   130
hay desde ayer a hoy! Ayer... convento,
hoy ya... casi nación. ¿Quién hizo tanto?
    ¡Entregada a su solo movimiento,

España con el tiempo habría tenido
igual a Carlos Cuarto un Carlos Ciento! 135
 Grave y normal y monja hubiera sido,
lo cual será mejor que lo que es hoy;
pero no tan alegre y divertido.
 ¡Salvador! ¡Salvador! ¿Por dónde voy?
¿Qué me digo? No sé. ¡Buena ensalada! 140
Ya recuerdo... Te hablaba de que estoy
 escribiendo una obra afrancesada...
¡Eso es! Pues, señor... siempre soy tuyo.
le añado a este terceto una plumada;
lo hago cuarteto y de charlar concluyo. 145
Almería, 19 de abril de 1854.

Contestación a la epístola

De mi buen amigo el señor don Pedro Antonio de Alarcón

Mucho he pensado, mi querido Pedro
en tu ausencia fatal, cuando recibo
tu cariñosa carta: y no me arredro,
   porque venga en tercetos, pues yo escribo
siempre mal, y la forma no me ofusca,   5
Como baste a expresar lo que concibo.
   Ésta, que ya adoptamos, algo brusca
es, en verdad, y enmarañada y hosca,
para que salga mi respuesta chusca;
   mas tiendo el vuelo de mi pluma tosca.   10
y voy a remedar con mi respuesta
el vuelo inconsecuente de la mosca:
   de la mosca cruel, cuando en la siesta
del ardoroso estío, sube, baja,
oscila, para, zumba y nos molesta.   15
   Tanto, buen Alarcón, tu ingenio encaja
en tu carta querida, que te digo
que es más bien que una carta una baraja.
   No estoy conforme, a la verdad, contigo
en algunas ideas; las rechazo   20
con la leal buena fe de buen amigo.
   Tú volverás, y la cuestión aplazo
para entonces: en tanto, yo deseo
el verte y darte un, cariñoso abrazo.
   Voy, pues, a contestarte lo que creo   25
acerca de la hermosa enciclopedia.
laberinto poético, y mareo
   con que a mi mente tu razón asedia,
pintándome los cuadros animados
de la mundana hipócrita comedia.   30
   Empezaré por darte resultados

de tu extraña pregunta; seré exiguo
el responder, mas quedarán fijados
  los extremos que quieres. —Es ambiguo
el nombre de «el» o de «la mar: por eso,   35
leída la Gramática, averiguo
  que, sin caer en falta ni en exceso.
usar de ambos artículos se puede,
y el régimen con ambos queda ileso.
  Por lo tanto, Alarcón, aquí sucede   40
que es «la» o «el» mar sin duda «hermafrodita»
y así es preciso que sentado quede.
  En cuanto a su espectáculo, me incita
la descripción que de él haces sublime,
a bendecir en él a la infinita   45
  Omnipotencia, que su sello imprime
en cuantas obras acabó, y en esa
mucho más que en las otras. Yo rendime
  también, cual tú, de admiración; pavesa
ante el mar me juzgué frío marasmo,   50
sobrecogió mi espíritu, y opresa
  el alma mía de solemne palmo,
alzó al autor de los inmensos mares
himnos de adoración y de entusiasmo.
  Yo, como tú, en su orilla los pesares   55
olvidé de esta vida, y a mis solas,
de los opuestos círculos polares
  vi llegar a las playas españolas,
con ronca voz y raudo movimiento,
y estrellarse a mis pies, las recias olas.   60
  Yo, como tú, lancé mi pensamiento
a través de sus nieblas arrecidas,
que el agua forma y, que deshace el viento;
  y ya las auras leves y dormidas
rizasen ese mar tranquilo, hermoso,   65

o ya las tempestades contenidas
  estallasen, turbando su reposo:
yo con delirio le adoré, admirando
su blanda paz o su vaivén furiosa.

  Hoy yo, de tu ansiedad participando,   70
de tus miradas la avidez comprendo
fijar, en el Oriente, do tragando
  está ya el mar la sangre del tremendo
moscovita y del turco, en la ardua guerra
que apenas ha empezado, y ya está siendo   75
  luto del alma que justicia encierra,
negro baldón y escándalo de Europa,
susto y pesar de la espantada tierra.

  Mas ¡oh! ¡la sangre de la mártir tropa
caerá sobre el egregio moribundo   80
que tantea en su lecho real la ropa!
  Su último esfuerzo es, pero infecundo;
quiero al mundo parar, y con más brío
sigue y avanza y le atropella el mundo.

  Por eso no es extraño, amigo mío,   85
que vean tus miradas en Oriente
rojas las olas de ese mar sombrío,
  ni que, arrobada de placer tu mente,
«mirándolas no más pases los días»
¡el mar y el porvenir teniendo enfrente!...   90
  Pero también, digreso, no te rías
de que yo disparates así agrupe
en estas largas digresiones mías.

  Vuelvo, pues, a tu carta, y aunque ocupe
mucho tiempo, Alarcón, en contestarte,   95
yo a nadie sin respuesta dejar supe.
  Elogias a Granada; en esta parte
le sobra la razón, soy granadino
y no es extraño que otro elogio ensarte.

Granada, la del cielo azul, divino;   100
la de la vega fértil, y las frutas
dulces; la del aroma campesino,
   la de los manantiales y las
la de los huertos, cármenes, jardines,
mágicos bosques, pintorescas rutas;   105
   Granada, la ciudad cuyos confines
son oro, su aire amor, su nombre gloria,
sus hembras inmortales serafines,
   sus hombres honra de la noble historia.
Granada, en fin, ciudad que Dios bendijo   110
y que vive de Dios en la Memoria.
   es muy digna, Alarcón, de tu prolijo
empeño y de mi afán a enaltecerla,
¡porque tú eres su amante y yo su hijo!
   Mas vamos a Almería, blanca perla   115
que besa el mar y con su espuma baña;
no la he visto jamás; diera por verla
   un año de mi vida; y no es extraña
la ansiedad que demuestro y que me inspira
esa hechicera joya de la España,   120
   porque a su nombre mágico delira
mi pobre corazón y arde en mi pecho
de fiel cariño inextinguible pira.
   Almería, de flores blando lecho;
sultana de las ondas que se mecen   125
de las bocas del Ródano al Estrecho.
   Almería, vergel en donde crecen
las gallardas palmeras orientales
que sombra y frutos a la par ofrecen,
   huerto de limoneros y nopales;   130
bosque de rojas, dalias y azucenas;
glorieta de cipreses y rosales;
   Almería, mansión de las serenas

noches de luz, de amor y de placeres,
de grata paz o de ilusiones llenas;   135
  y Almería, mi amigo, donde hay seres
que ángeles son del cielo descendidos,
aunque en el mundo llámanse mujeres.
  ¿Qué tal? ¿qué tal...? ¿elogios desmedidos
te parecen quizá los que yo entono   140
en estos tercetitos mal urdidos?
  pues si es así, replícote en el tono
del clemente León de Samaniego:
—«No dijera más Tito, te perdono.»
  Punto y párrafo aparte. Yo no niego   145
que hay muchas cosas gratas; sin embargo,
o veo yo muy mal o tú estás ciego,
  o grato juzgas lo que juzgo amargo,
o miro negro lo que blanco miras,
o mido corto lo que mide largo.   150
  Sea de ello lo que fuere, tú conspiras
contra alcaldes, maridos y mineros,
y del fiscal a las tijeras tiras,
  como a los ricos tontos y usureros,
porque estás con talento y sin tijeras,   155
sin vara, sin mujer y sin dineros.
  Tú dirás que yo sueño mil quimeras,
que amo y creo, verdad; pero así paso
las horas de la vida lisonjeras.
  Ama tú, cree tú, y espera acaso,   160
iy verás que es oriente de otra vida
y el de esta vida nebuloso ocaso!
  Por último, yo acepto tu ofrecida
dedicatoria de la obreja extraña
que vas a publicar mas consentida   165
  dejar no puedo la expresión que empaña,
estampada en tu epístola brillante,

el científico honor de nuestra España.
Dices tú que la Francia luz radiante
envía a este rincón triste y sombrío,   170
y no es así, Alarcón; si en este instante,
con profunda vergüenza y dolor mío,
tengo que confesar que, en parte, es cierto,
itambién es cierto que de luz fue río,
que atravesó de Europa el gran desierto,   175
donde, en noche polar, otras naciones
gemían en horrible desconcierto!
Aun hoy, por Dios, alientan corazones
y almas tan grandes en la patria nuestra
que a ningunos envidian sus blasones;   180
ini la hundirá la universal palestra
si el rayo de la idea altiva lanza,
o el sable esgrime su potente diestra!
Concluyo, pues, poeta, si no alcanza
mi numen a tu numen, yo te sigo   185
con la tierna amistad y la esperanza
de que jamás te olvides de tu amigo.
José salvador de salvador.
Granada, 8 de mayo de 1854

Chispas y témpanos

Al fuego lento de tus ojos frito,
tengo en mi corazón verano eterno:
tú, en las neveras de constante invierno,
guarda, Inés, un alma de granito.
Yo me acerco a tu hielo y no tirito,   5
ni las llamas mitigo de mi infierno:
tú llegas de mi alma al hogar tierno
y en sus ascuas tu nieve no derrito.
¿Cómo encuentro calor donde no hay llama?
¿Cómo no da calor la llama mía?   10
¿Cómo mi incendio tu esquivez no inflama?
¿Cómo tu hielo mi pasión no enfría?
¡Ay! ¿cuándo nos veremos igualados,
abrasados los dos, o ambos helados?

Madrigal

Te miro, y lloro porque no me miras:
me miras, y suspiro
al hallar el desdén en tu mirada:
suspiro, y lloro porque no suspiras,
suspiras ¡ay! y acongojado miro   5
que no es por mí... Y así, mujer amada.
no sé si flores son o son abrojos
esos suspiros de tus labios rojos,
ignorando también en mi desdicha
si mi vida o mi muerte son tus ojos.   10

Madrigal

Si no has de amarme, dime que retire
de ti mi admiración; si no he de amarte,
haz que nunca te mire;
si no he de mirarte,
deja de ser tan hechicera y pura;   5
pues mi amor sin tu amor me da la muerte,
y a mi pesar te adora el alma al verte
y a mi pesar contemplo tu hermosura...
Así, dulce bien mío,
tu belleza depón o tu desvío.   10

Epitafio

Llorad aquí los que en veloz huida
cruzáis el tiempo que a la muerte os lanza.
contemplad en ceniza convertida
cuanta ventura a desear se alcanza;
belleza, juventud, virtudes, vida,   5
dicha, gracias, amor, genio, esperanza,
amiga, hermana, hija, madre, esposa...
¡Todo desvanecido aquí reposa!

En un álbum

Estrellas hay en el cielo
que nunca vieron mis ojos,
perdidas en la distancia,
de Dios cercanas al trono.
 ¿Quién sabe si esas estrellas,   5
que adivino y no conozco,
hubieran torcido el rumbo
de mi sino doloroso,
si hasta mí hubiera llegado
su trémula luz do oro?   10
 —Teresa, tú ores un astro
que brilla en el cielo ignoto;
¡quién sabe si tú en mi cielo
me hubieras hecho dichoso!
Mas pues tus divinos rayos   15
mandas al cielo de otro,
nunca de él tu lumbre apartes;
¡que no hay tormento más hórrido
que ver perdido el lucero
en que fijamos los ojos!   20

En otro álbum

Escucha, hermosa: por el ancho mundo
mi pobre pensamiento
sin norte va perdido:
hoy se para en tu álbum un momento;
mañana de él le arrancará el olvido.   5
—¡Adiós! Si en medio de la dicha inmensa
que el porvenir reserva a tu hermosura,
tu mente un punto en mi destino piensa,
en mi destino aciago,
me será tu recuerdo una ventura   10
que prestará a mis días dulce halago.
—Así influye la luz desconocida
de alguna estrella en nuestra triste alma,
marcando el rumbo a nuestra loca vida,
¡nave sin puerto en una mar sin calma!   15

En otro álbum

    Labran las pobres abejas
un rico panal con flores,
y el fruto de sus labores
se lleva un hombre cruel.
Tú, panal, flores los versos,   5
y abeja yo, que te escribo...
¡Ay! ¡en vano flores libo;
pues será de otro la miel!

En otro álbum

    Creciendo en distinto edén,
viven unidas dos palmas:
cuando dos se quieren bien,
unidas así se ven
aun en la ausencia, sus almas.   5

Epigrama

Una dama muy delgada
dijo a su amante, enfadada:
— ¡Jesús!...¡muero de despecho!
Y él la contestó: Es un hecho:
Está usted muy... «despechada».   5

Charada

¡Oh, tú, ingrata mujer, más hechicera
que todas las mujeres!
árbitra, dueña de mi «todo» eres:
tu amor lo embelleciera,
y tu desdén de abrojos lo circunda   5
mi vida es mi «primera»;
mi muerte, mi «segunda».
Si la dulce «primera» no has de darme,
con la «segunda» acaba de matarme;
pues prefiero la muerte,   10
al cruel martirio de ignorar mi suerte.

Libros a la carta

A la carta es un servicio especializado para

empresas,

librerías,

bibliotecas,

editoriales

y centros de enseñanza;

y permite confeccionar libros que, por su formato y concepción, sirven a los propósitos más específicos de estas instituciones.

Las empresas nos encargan ediciones personalizadas para marketing editorial o para regalos institucionales. Y los interesados solicitan, a título personal, ediciones antiguas, o no disponibles en el mercado; y las acompañan con notas y comentarios críticos.

Las ediciones tienen como apoyo un libro de estilo con todo tipo de referencias sobre los criterios de tratamiento tipográfico aplicados a nuestros libros que puede ser consultado en Linkgua-ediciones.com.

Linkgua edita por encargo diferentes versiones de una misma obra con distintos tratamientos ortotipográficos (actualizaciones de carácter divulgativo de un clásico, o versiones estrictamente fieles a la edición original de referencia).

Este servicio de ediciones a la carta le permitirá, si usted se dedica a la enseñanza, tener una forma de hacer pública su interpretación de un texto y, sobre una versión digitalizada «base», usted podrá introducir interpretaciones del texto fuente. Es un tópico que los profesores denuncien en clase los desmanes de una edición, o vayan comentando errores de interpretación de un texto y esta es una solución útil a esa necesidad del mundo académico.

Asimismo publicamos de manera sistemática, en un mismo catálogo, tesis doctorales y actas de congresos académicos, que son distribuidas a través de nuestra Web.

El servicio de «libros a la carta» funciona de dos formas.

1. Tenemos un fondo de libros digitalizados que usted puede personalizar en tiradas de al menos cinco ejemplares. Estas personalizaciones pueden ser de todo tipo: añadir notas de clase para uso de un grupo de estudiantes, introducir logos corporativos para uso con fines de marketing empresarial, etc. etc.

2. Buscamos libros descatalogados de otras editoriales y los reeditamos en tiradas cortas a petición de un cliente.